ISBN 978-2-9544516-4-0
Maquette, mise en pages : Olivier Engelaere, Agence pour le picard
Remerciements à Françoise DESMARET et Micheline WAQUET pour leur aide à la relecture

Ch'est in picard

Prix de littérature en picard 2015

Région
Hauts-de-France
Nord Pas de Calais - Picardie

AVANT-PROPOS

Si notre région Hauts-de-France est nouvelle, les territoires qui la composent partagent un patrimoine qui plonge ses racines dans une histoire millénaire. Elle fait partie de ces quelques régions françaises qui possèdent également un patrimoine linguistique, avec le picard et le flamand.

La langue est un élément majeur de notre culture et de notre identité, individuelle et collective. À ce titre, le dynamisme de la littérature en picard est un des indicateurs de la vivacité de notre culture régionale.

On compte aujourd'hui 400 auteurs qui écrivent régulièrement en picard, cette langue qu'on appelle aussi le « chti » ou le « rouchi ». Ces auteurs viennent de toute notre région, ils en expriment la très grande diversité. Ils sont d'Amiens, d'Arras, de Béthune, de Lille, de Valenciennes... mais aussi de Tournai, de Mons, de Mouscron, affirmant ainsi l'ouverture quasi « naturelle » de notre région sur l'Europe du nord, au-delà de nos frontières.

Ce prix de littérature en picard 2015 a réuni une quarantaine de participants. La qualité des textes proposés ne se dément pas. Ils sont porteurs d'émotion, de sensibilité, d'humour, et sont résolument contemporains.

La littérature en langue picarde s'expriment dans tous les genres : la nouvelle, le conte, le polar, le théâtre... Ce recueil des textes primés en 2015 est le reflet de cette richesse de répertoire.

Écrire n'est pas chose aisée. Écrire en langue régionale, en langue picarde, ajoute à cette difficulté car il faut travailler une langue qui n'est pas apprise à l'école, une langue qui n'est pas encore reconnue comme elle le mérite.

Mais ces écrivains ont la générosité de s'adresser à tous et je les remercie de faire l'effort de traduire leurs écrits en français et de faciliter ainsi leur large diffusion.

Plongez-vous dans l'encre du picard et laissez résonner ces mots et ces histoires.

Xavier Bertrand
Président de la Région Hauts-de-France

Palmarès du Prix de littérature en picard 2015

1er prix LAMPEDUSA QU'ALLE MILLE DINS CH'BRUN VIÉPE
de Régis LESIEUX
(La Chapelle en Serval, Oise)

2e prix CHL'ÉTÉ 14
de Jean-Marie FRANÇOIS
(Abbeville, Somme)

3e prix TAPACHE NOCTURNE
de Gérard Plattevoet
(Néchin, Province de Hainaut)

Prix du polar INNE SALE AFFOAIRE DINS CHÉS GARDIN OUVÉRIERS
de Jean-Paul CHAMPION
(Salouel, Somme)

Prix du conte EL DRAGON
de Joëlle JONAS et Patrick CARPENTIER
(Denain, Nord)

Mention théâtre CHL'HÉRITAGE
de Valérie TOURON
(Ailly-le-Haut-Clocher, Somme)

Le jury du prix de littérature en picard, réuni le samedi 28 mars 2015 à la Maisson de Jules Verne sous la Présidence de Henri Duszinski (éditeur, journaliste et consul honoraire de Pologne), était composé de Sabine Godard (journaliste), Jean-Michel Ansart (écrivain), François Beauvy (écrivain), Pierre Gévart (écrivain), Mathieu Maggi (écrivain), Bernard Sinoquet (responsable de la Maison de Jules Verne) et Jean Vilbas (conservateur de bibliothèque).

Lampedusa qui brille dans la nuit noire

Nouvelle de Régis Lesieux

Avant que la guerre civile ne se fût répandue partout en Syrie, les parents de Moussa vivaient confortablement dans la banlieue d'Homs. Le père de Moussa était professeur en Syrie et sa mère travaillait comme aide de médecin. Ils gagnaient suffisamment d'argent pour bien vivre dans leur pays. Zehounia, la mère de Moussa, était toujours très joyeuse et elle portait très bien son nom qui signifie « gaie ». Elle chantait tout le temps comme un malinois – qui est une espèce de canari – et cela son homme l'appréciait beaucoup. Elle était bien mince, avec de beaux cheveux noirs tout bouclés qui se mariaient très bien avec sa belle peau foncée. Quand elle restait à la maison, elle était toujours très bien habillée mais souvent bien décolletée, afin que son homme pût jeter un œil de temps en temps sur une partie de ses seins. Comme elle devait être voilée quand elle allait dehors, elle en profitait une fois à l'intérieur de sa maison pour lui révéler un peu son beau corps de femme. Il est certain que le père de Moussa, qui se prénommait Wassim, ce qui veut dire « beau visage » en arabe, était lui-même aussi bien beau. Il avait un bouc, bien coupé, qui était sa manière à lui de montrer que c'était un homme, mais un homme qui avait du style. Zehounia l'adorait ainsi, car un baiser avec un bouc, c'était encore plus agréable. Le petit Moussa venait de naître et Wassim et Zehounia se sentaient très chanceux d'avoir un aussi beau bébé.

Cependant la guerre entre les forces du gouvernement et celles des rebelles qui avait commencé deux ans plus tôt avait fini par rendre leur vie vraiment dure. Au début, la guerre se passait très loin de leur lieu de résidence puis, tout doucement, elle était parvenue au bout de leur banlieue. Il n'y avait plus beaucoup d'eau, plus beaucoup de nourriture. Ils ne pouvaient souvent plus mettre la lumière car il y avait des coupures. Ils avaient cessé d'aller au marché de leur banlieue après les attentats qui avaient tué tant d'innocents dans les rues. Il y avait, dans les deux camps, des tireurs d'élite qui abattaient toute personne allant dans les rues.

Lampedusa qu'alle mille dins ch'brun vièpe

Nouvelle ed Régis Lesieux

Eud'vaint qu'chelle werre chivile qu'a s'seuche répindute tout partoute in Syrie, ches viux gins Moussa is vivottent confortap'mint dins ch'fourbou d'Homs. Euch mopère Moussa ch'étot in clerc in Syrie pis s'momère alle oeuvrot conme aïute eud chérusiin. Is waniottent eud'z'iards assez pour eusses bin vife dins leu paÿs. Zehounia, chelle momère Moussa, alle étot toudis fort bénache pis alle carriot fourbin sin nom, qu'cha vut dire « gaite ». Alle cantot toudis conme in malinois pis cha s'n'honme i avot fort querre. Alle étot bin déflanquée, aveuc eud bieaux noirts caveux tout crolés qu'is leus marriottent fourbin aveuc eus bielle pieau bisse. Quainte qu'a d'morot dins s'majon, alle étot toudis arquinquée mains sovint dégavarlée pou qu'eus'n'honme qu'i puche raviser d'timps in temps ses tettes qu'as étotent fort bellottes. Conme qu'alle dévot t'ête affulée quainte qu'a d'allot à l'cour, a nn'in pourfitot in d'dins s'majon pou li amoutrer in molé sin bieau corps eud finme. Asseuré qu'euch mopère Moussa, qu'i s'lonmot Wassim, « bielle guiffe » in arape, qu'i étot fort bellot étou. I avot eune barpe-eud-gatte, bin copée, qu'ch'étot s'mote à li d'amoutrer qu'ch'étot in honme mais in honme qu'i avot d'l'estyle. Zehounia a l'avot fort querre ainsin, rapport qu'eune baisse aveuc eune barpe eud gatte ch'est cor pus agréape. Euch tiot Moussa i vénot d'euv'nir au monte pis Zehounia pis Wassim is leus sintottent fort chainceux d'avoir in sitant bieau quinquin.

Mains chelle werre inter ches forches d'euch govern'mint pis ceusses d'euch'z'arbielles qu'alle avot queuminché y a deux innées d'cha, alle avot défini par rinte leu vie vraimint durte. A ch'queuminch'mint, chelle werre a s'passot fort lon d'du qu'is restottent pis tout duch'mint, alle avot arrivé à ch'débout d'leu fourbou. Y avot pu gramint d'ieau, pus gramint d'mangeache... Is povottent mi pus sovint alleumer ch'quinquet rapport qu'i avot des copures. Is avottent décessé d'd'aller à ch'marqué d'leu fourbou aprins ch'z' attintats qu'is avottent déjouqué sitant d'innochints dins ches cauchies. Y avot, dins ches dux camps, des soudars espécials, des « fins déjouqueux », qu'is déjouquottent tertin tertous qu'i d'allot dsu ches cauchies.

Eux n'avaient pas choisi dans quel camp ils étaient. Ils savaient seulement qu'avec leur petit bébé qui venait de naître, ils devaient s'en aller le plus loin possible, car un jour une bombe allait tomber sur le bâtiment dans lequel ils vivaient. Il y avait des bombardements presque tout le temps et ils devaient passer leur temps à se cacher dans les abris anti-bombes. Vraiment, ce qu'ils désiraient le plus désormais, c'était quitter leur région et trouver un autre endroit où ils pourraient vivre normalement.

D'ailleurs, le père de Moussa avait entendu dire qu'il y avait des gens qui vendaient des places sur des bateaux pour aller en Italie en passant par Lampedusa. C'était très cher mais ils avaient assez d'argent pour se le payer à lui, sa femme et à leur petit. Ainsi, un beau matin, ils rejoignirent, dans le centre de leur banlieue, un groupe de personnes qui, comme eux, cherchaient à fuir. Ils ne disposaient que d'un seul sac par personne, dans lequel ils avaient mis des petits gâteaux, quelques bouteilles d'eau et de quoi rester propre. Ils avaient en plus un petit berceau en paille dans lequel se trouvait leur fils. Le petit Moussa allait boire au sein de sa mère pour se nourrir pendant le voyage. Les habits qu'ils portaient sur eux allaient être leurs seuls habits.

De cette manière, une nuit, dans une sombre ruelle de leur banlieue, ils montèrent dans un vieux camion où ils se retrouvèrent serrés comme des sardines en boîte. Le voyage jusqu'à la mer prit quatre heures. Ils arrivèrent au lever du jour. Il faisait très frais. Les passeurs qui les attendaient étaient deux : l'un petit de taille, au gros ventre et bouffi et l'autre grand, très maigre et tout courbé. Leurs regards, que l'on pouvait parfois découvrir derrière leurs cheveux très longs, étaient bizarres et sombres. Ils avaient l'air très sales. Ils firent descendre les gens du camion et après quelques mètres sur le sable, ces derniers marchèrent un peu dans la mer avant de monter dans deux bateaux plats pour arriver aux petits chalutiers à bord desquels ils allaient traverser la mer. Ils s'étaient ainsi mouillés les pieds et un bout de leurs vêtements. L'eau était très froide et ce n'était guère agréable. Pratiquement tout le monde attrapa un rhume à ce moment-là. Ces pauvres gens n'y voyaient pas grand-chose, car les passeurs n'avaient que des lampes de poche pour éclairer les lieux. Malgré cela, les parents de Moussa

Eusautes , is avottent pont cuji dins queu camp qu'is étottent. Is savottent jusse qu'aveuc leu tiot quinquin qu'i vénot d'euv'nir au monte qu'is dévottent leus in d'aller el pus lon qu'possipe , rapport qu'in jour qu'eune bompe qu'alle querro su ch'bâtimint duqu'is restottent. Y avot des bombardaches quasimint toudis pis is dévottent passer pis rapasser leu temps à leus mucher dins ches rados conter-bompes. Vraimint, chu qu'is adzirottent faire asteur, ch'étot d'vidier leu coin pis d'artreuver in aute indrot duqu'is porrottent vife normal'mint.

Peut qu'manquer, ch'mopère Moussa i avot intindu qu'i avot des gins qu'is vindottent des plaches dins des batieaux pou d'aller in Italie in passaint par Lampedusa. Ch'étot fort querre mais is avottent d'z'iards assez pou leu païer cha à li, s'finme pis leu tiot. Adon, in bieau matin, is ont arjoint dins ch'chinter eud leu fourbou eune bante eud gins comne eusses qu'is cachottent à leus in d'aller. Is avottent foqu'in sa par gin, qu'is avottent bouté des tiots wâtieaux pis eune saquant d'botelles d'ieau pis d'quo leus warder prope in d'dins. Is avottent in pus in tiot berche in palle aveuc leu fiu in d'dins. Euch tiot Moussa i d'allot chucher chelle tette d'eus momère pou li s'norir pindint ch'voïache. Ches rhabillures qu'is avottent su eusses ch'étot leus seus rhabillures.

Ainsin, is ont crupé in bieau jour à ches vièpes, dins eune breune voïette eud leu fourbou, dins in viux car duqu'is étottent serrés conme eud'z'hérings in caque. Euch voïache dusqu'à ches mers i a prins quatte hures. Is ont arrivé à l'déjouque. I faijot fort fraiche. Ches passeux d'gins qu'is zz'attindottent is étottent dux : in bacu fort panchu pis maflé, pis in graind dépindeux d'andoulles, tout brunqué. Is avottent in drôle d'argard tout brun qu'in povot alfos démucher pa-drière leus caveux à tinhions pis is sannottent fort crapets. Is ont fait deschinte ches gins d'euch car pis aprins quiques mètes d'sus ch'sape, ches dernes is ont arqué in molé dins ches mers eud'vaint d'cruper dins dux tiots bâtieaux qu'chétot conme des bacôves, pour eusses arriver à ches tiots trales qu'is d'allottent trécoper ches mers aveuc. Adon is avottent fraiqui leus piids pis el débout d'leus rhabillures. L'ieau alle étot fort fraiche pis ch'étot pont agréape. Quasimint tertin tertous i a rhappé eune chifernée à ch'momint-là. Ches paufes gins is voïottent pont graind-cosse, rapport euq ches passeux d'gins qu'is avottent foqu'des limpes eud tache pour eusses avoir d'eul leumière. Maugré cha, ches viux gins Moussa is ont bin armerqué

aperçurent le nom des deux chalutiers : « Le Pêcheur de Syrie » et « La Lumière d'Orient ». Les passeurs leur montrèrent dans quel bateau ils devaient monter. Les parents de Moussa se retrouvèrent dans « La Lumière d'Orient ».

La traversée de la mer allait être très longue parce que les moteurs des deux bateaux n'étaient pas vraiment neufs et aussi parce qu'il y avait tellement de gens qui y étaient agglutinés.

Très loin de la Syrie, dans un monde totalement différent, Jean et Anne habitaient eux dans la proche banlieue de Paris, à Levallois-Perret. Jean était responsable comptable dans une grande entreprise et Anne, elle, était responsable marketing dans une autre grande entreprise. Ils travaillaient aux alentours de Levallois-Perret, dans un parc d'activité. Ils vivaient très bien dans leur grand appartement très spacieux. Ils disposaient de tout ce que l'on peut souhaiter : les derniers instruments électroniques, les derniers smartphones et tablettes tactiles et ordinateurs, les derniers postes de télévision avec des écrans extra-plats, les derniers meubles extra-modernes, deux voitures de sport dans leur grand garage situé sous leur appartement. Bref, ils avaient tout, vraiment tout, mais il leur manquait toutefois quelque chose de très important qu'ils ne pouvaient avoir: des enfants. Jean et Anne avaient tout essayé mais ils ne pouvaient avoir d'enfant. Ils venaient de finir leur dernier traitement et cela n'avait à nouveau rien donné. Ils n'en pouvaient plus de voir des médecins. Ils avaient décidé d'arrêter de chercher à avoir des enfants.

Afin d'oublier tout cela, ils souhaitaient désormais s'en aller au loin, très loin, dans un grand bateau de croisière, sans rien avoir à faire que de se détendre et que de profiter des paysages. Comme cela, le souvenir de tout ce qu'ils venaient de vivre pour avoir un bébé allait disparaître peu à peu.

Ils avaient fini par trouver sur internet un voyage aller-retour qui allait de Marseille à Malte.

Ainsi, un beau matin, ils prirent un taxi pour se rendre à la Gare de Lyon d'où ils devaient ensuite prendre un TGV jusqu'à Marseille. Puis une fois arrivés à Marseille, ils purent enfin monter dans leur bateau de croisière. Comme il était

queumint qu'ch'est dux tiots trales qu'is leus délonmottent : « Euch Pêqueux d'Syrie » pis « Chelle Leumière d'Oriint ». Ches passeux d'gins is leus ont amoutré dins queu bâtieau qu'is dévottent cruper. Ches viux gins Moussa is leus ont artreuvé dins « Chelle Leumière d'Oriint ».

Euch trécopache eud ches mers i allot durer lonmint rapport euq ches moteurs eud ches batieaux qu'is étottent pont vramint neus pis qu'y avot sitant d'gins ramonch'lés in d'dins.

Fort lon d'Syrie, dins in monte total'mint différint, Jean pis Anne is restottent dins ch'fourbou Levallois-Perret, pa'dl'ez Paris. Jean, ch'étot in responsape comptape d'eune grainte interprinsse pis Anne, ch'étot eune responsape markétinche dins eune aute grainte interprinsse. Is oeuvrottent alintour eud Lavallois-Perret, dins in indrot-às-interprinsses. Is vivottent fourbin dins leu graind appart'mint fort espacieux. Is avottent tout chu qu'in put adzirer : ches dernes instreumints ectroniques, ches dernes fins portapes pis cassis-à-pauchache pis carculeux, ches dernes posses eud télévijon aveuc des cassis estra-déflinqués, ches dernes bidons estra-modernes, dux carettes esportives dins leu graind carin d'sous leu apart'mint… Bref-à-cha, is avottent tout, vramint tout, mais i leu minquot quette cosse eud fort importaint qu'is povottent nin avoir : eud'z'éfants. Jean pis Anne is avottent tout épreuver mains is povottent nin avoir des tiots. Is vénottent eud définir leu derne trait'mint pis cha avot cor in cop rin ballé. Is nn'in povottent pus d'vir des chérusiins. Is avottent déchidé d'décesser d'cacher à faire des tiots.

Pour eusses oblier tout cha, is adzirottent asteur eud leus in d'aller au lon, fort fort lon, dins in graind batieau d'crojière, sins rin avoir à faire foq'eud leus rétuz'ler pis d'pourfiter d'ches paisaches. Conme cha, ch'ramintuvache eud tout chu qu'is vénottent eud vife pou leu avoir in quinquin i d'allot disparaîte piot-à-piot.

Is avottent défini par treuver su ch'wèpe in voïache invo-derviint qu'i d'allot d'Marseille à Malte.

Adon, in bieau matin, is ont prins in tasqui pou leus rinte à chelle ware eud Lyon duqu'is dévottent printe in train-fort-habile dusqu'à Marselle. Pis in cop qu'is avottent arrivé à Marselle, is ont pu infin cruper dins leu bâtieau

grand ce bateau ! Il portait bien son nom de « Géant de la Mer ». Il y avait au moins six étages. Il s'y trouvait de tout : des bistrots, des théâtres, des cinémas, des magasins, des restaurants, une salle de concert, trois piscines… C'était pour ainsi dire une petite ville sur l'eau.

Le capitaine aurait réussi à faire rire un tas de cailloux, tellement il était marrant. Il disait bienvenue à toutes les personnes qui arrivaient sur le bateau en leur disant une petite blague, même si cela voulait dire retirer sa casquette devant des centaines de gens ! Il regardait chaque personne dans les yeux et l'on sentait qu'il était heureux de leur faire plaisir. Il y avait des aides pour porter les bagages jusqu'aux chambres des touristes. Tout l'équipage était vêtu de blanc : pantalons ou jupes blancs, casquette blanche, chapeau blanc, chaussures blanches. Ils étaient tous parfaitement coiffés et arboraient tous un grand sourire sur leur visage accompagné d'un regard amical.

Dans chaque chambre, on pouvait trouver de grands lits, un petit poste de télévision à écran extra-plat, un petit bar, un petit cabinet de toilette. Le salon ressemblait à une alcôve qui donnait une atmosphère très relaxante. Les meubles étaient de type « Art Nouveau » avec des lignes dorées de-ci de-là. Il y avait beaucoup de pièces de rangement et d'armoires. C'était quasiment un petit appartement. Sur le lit de chaque touriste ou bien de couples de touristes, il y avait une enveloppe avec une lettre d'accueil à l'intérieur. Et sur l'enveloppe, il y avait une petite boîte de chocolats, amenée spécialement de Belgique.

Avant de quitter le port de Marseille, le capitaine avait invité tout le monde à venir prendre un verre dans la grande salle de spectacle. On pouvait choisir ce que l'on préférait, puisqu'il y avait toutes les marques de bouteilles, empilées les unes sur les autres sur des tables sans fin. Il y avait aussi des crêpes, des gâteaux, des glaces…C'était le paradis des gourmands. Le voyage allait être très agréable et il était certain que personne ne manquerait de rien. Jean et Anne en avaient plein les yeux même s'ils avaient déjà tout chez eux. En effet, ils étaient surpris par autant de belles choses.

d'crojière. Queu graind batieau qu'ch'étot ! « Euch Gaïant d'ches Mers » qu'i s'lonmot. Y avot almins sisse décampes.Y avot tout in d'dins: d'z'estaminets, des théïates, des chinémas, des boutiques, des restauraints, eune salle eud conchert, tros pischines... Ch'étot conme eune tiote ville dins in batieau.

Euch méneux d'batieau i arot fait rire in mont d'caïeux. I dijot binvénute à tous ches gins qu'is arrivottent à ch'batieau in leu dijant eune saquant d'cacoulles, minmes si qu'cha volot dire pour li d'eus défuler d'vaint des chints d'gins! I ravisot tous ches gins dins leus ziux pis in sintot qu'i étot bénache eud leu faire plaiji. Y avot d'z'aïutes qu'is carriottent ches bagaches dusqu'à ches campes eud ches torisses. Tout ch'l'équipache i étot grëïé in blanc : blanqués maronnes obin blanc cotron, blanque casaque, blanc capieau, blanqués cauches. Is étottent tertous parfait'mint détoullés pis is avottent tertous in graind sorire sur leu visache pis in argard amiteux.

Dins tous chés campes, in povot treuver des graind lits, in tiot posse eud télévijon à cassis estra-déflinqué, in tiot bar, eune bielle plache pou li s'arnettier. Eul bielle plache alle arsannot à eune tiote arcofe qu'alle ballot eune air fort rétuz'lante. Ches meupes is étottent d'euch ginre « Art Nouvieau » aveuc des lines in d'or drochi-drolà. Y avot gramint d'tiots cotchs pis d'amelles. Ch'étot quasimint conme in tiot appartémint. Su ch'lit d'caque torisse obin d'cope eud torisses, i avot eune tiote inv'loppe aveuc eune lette d'accueul in d'dins. Pis d'sus ch'l'inv'loppe, i avot eune tiote bote eud chucolats, espécial'mint aboulée d'Bergique.

Eud'vaint d'vidier ch'port eud Marseille, ch'capitaine i avot invité tertin tertous à vénir chucher in verre dins chelle grainte plache às espectaques. In povot cujir chu qu'in avot querre rapport qu'i avot des monts d'bottelles eud tous ches sortes su des tafes qu'alles définissottent pont. Y avot étou des couquebaques, des wâtieaux, des glaches... Ch'étot ch'paradis d'ches galaffes... Euch voïache i d'allot t'ête fourbin pis assuré qu'is d'allottent minquer d'rin. Jean pis Anne is nn'avottent plein leus ziux minme si qu'is avottent d'jà tout à leu majon. Bédu is étottent seurprins par sitant d'biellés cosses.

La traversée de la mer allait être longue, vu que le bateau de croisière était gigantesque et qu'il allait lentement.

À bord du « Pêcheur de Syrie » et du « Lumière d'Orient », la vie n'était vraiment pas facile. Les personnes n'avaient vraiment rien pour se mettre à l'abri la nuit venue et avoir un peu plus chaud : ils étaient en effet entassés directement ainsi sur le pont des deux chalutiers. Alors ils se resserraient les uns contre les autres et essayaient de ne plus bouger.

Souvent, il pleuvait pendant la traversée de la mer. Cela commençait toujours par quelques fines gouttes, puis cela devenait une averse, qui croissait en intensité pour se terminer carrément en pluie dense et abondante. La plupart des gens s'en retrouvaient ainsi très rapidement totalement trempés. Wassim et Zehounia cachaient alors le berceau de leur bébé sous un grand sac en plastique en prenant soin de le laisser respirer. Ainsi le petit pouvait rester au sec et ne pas tomber malade.

Mais tout cela devenait vraiment dur et pénible quand il y avait de l'orage et que la mer était démontée. Les deux chalutiers étaient alors ballotés dans tous les sens à cause des grandes vagues. Les gens criaient tellement ils avaient peur que leurs bateaux ne se retournassent. De plus, avec l'orage, il y avait des éclairs et des coups de tonnerre qui donnaient à tout cela une atmosphère de fin du monde. Ici les gens se resserraient encore plus les uns contre les autres, mais cette fois-ci, c'était pour ne pas tomber par dessus bord dans la mer déchaînée.

La situation était vraiment gênante quand quelqu'un souhaitait se rendre aux toilettes car il n'y en avait pas. Le capitaine, si tant est qu'il eût mérité ce titre, avait donné deux seaux aux « passagers » et ils devaient se débrouiller comme cela. Alors les parents cachaient leurs enfants quand ils allaient au seau et les hommes et leurs femmes se cachaient chacun leur tour. Il y avait en permanence une odeur pestilentielle. En effet, les gens ne pouvaient guère se laver, il y avait de plus les deux seaux qui étaient régulièrement remplis d'excréments et enfin la plupart des gens qui vomissaient un peu partout tellement ils étaient incommodés et malades de tout cela. C'était un vrai enfer, sur terre, au milieu de la mer.

Euch trécopache eud ches mers is d'allot t'ête lonque rapport qu'euch batieau d'crojère i étot gaïant pis qu'i d'allot lint'mint.

À bord d'« Euch Pêqueux d'Syrie » pis d'« Chelle Leumière d'Orrint », ch'étot pont fachile eud vife. Ches gins is avottent rin du toute pour eusses es mette au rado à vièpe pis pour eusses avoir in molé pus caud, rapport qu'is étottent ramonch'lés direct'mint ainsin su ch'pont d'ches trales. Adon is leus arserrottent conter l'eune l'aute pis is épreuvottent eud'pus armuer.

Sovint, i drachot pindint ch'trécopache eud ches mers. Cha queuminchot toudis par eune pissiate d'ojieau pis cha dév'not eune daque, pis eune drache pis infin eune débrassure. Cha définissot par après in trimpure pis tertin tertous i s'artreuvot fort habile tout fraique. Adon Wassim pis Zehounia is muchotent ch'berche eud leu tiot d'sous in graind sa in plastique in prindaint soin d'lacher raspirer ch'tiot. Ainsin, ch'tiot i povot d'morer réchué pis pont querre malate.

Mains cha dév'not vramint fort durt pis pénipe quainte qu'y avot d'l'arnu pis qu'ches mers qu'alles étottent démontées. Adon ches dux trales is étottent armués dins tous ches sins rapport à ches graindés vaques. Ches gins is berlottent tanmint qu'is avottent freu qu'leus bâtieaux qu'is leus artorn'tent. Pis rapport à ch'l'arnu, y avot d'z'éclites pis des cops d'tonnoire qu'is ballottent à tout cha eune air eud parfin d'euch monte. Ichi ches gins is leurs arserrottent cor pus conter l'eune l'aute mais ch'cop-chi, ch'étot pour eusses nin querre ju d'ches trales dins ches mers décanniées.

Ch'étot vramint déturbaint quainte euq quéqu'in qu'i vollot d'aller à l'basse-camp, rapport qu'i nn'avot pont. Euch méneux d'batieau, si qu'in arot pu lonmer cha conme cha, i avot ballé dux séïaux à ches gins pis is dévottent leus débrouller. Adon ches viux gins is muchottent leu tiot quainte qu'is d'allottent à ch'séïau pis ch'z'honmes is muchottent leus finmes pis sins inverse ! Y avot à ténure in arlint insupportape rapport à ches gins qu'is povottent nin leus arnéttier, pis rapport à ches séïaux rimplis d'brins d'gins pis étou rapport à ches démaquaches eud ches gins qu'tout cha rindot cranqueux. Ch'étot in vrai infier d'sus tierre, à ch'mitant d'ches mers.

Zehounia essayait de manger toutes les trois heures les petits biscuits qu'ils avaient apportés, car elle devait garder des forces pour allaiter son bébé. Wassim lui ne mangeait vraiment pas grand-chose car il voulait tout laisser à sa femme mais il avait terriblement mal au ventre. Heureusement Zehounia parvenait à avoir assez de lait pour que le petit pût supporter tout cela et rester en bonne santé.

Les parents de Moussa regardaient souvent vers le ciel la nuit et ils rêvaient à leur nouvelle vie. Ils se la représentaient en Italie comme bien douce et bien agréable. Comme cela avait été dit plus haut, Wassim était professeur et enseignait plusieurs langues étrangères en Syrie : le français, l'anglais, l'italien. Zehounia travaillait elle comme aide de médecin et elle pouvait aussi s'exprimer dans les langues que son mari enseignait. Ils espéraient ainsi réussir à atteindre l'Italie en passant par Lampedusa, un petit bout de terre qui est à mi-parcours entre la Tunisie et Malte. Et après quelques mois ou quelques années là-bas afin d'y accumuler suffisamment d'argent, ils se disaient qu'ils pourraient certainement aller en France pour y habiter définitivement.

À l'inverse de ce que l'on vient de voir, à bord du « Géant de la Mer », tout était prévu pour que les gens eussent toujours quelque chose d'agréable à faire. Le matin, on pouvait faire un peu de footing autour du bateau en passant par de petites allées. Après cela, on pouvait se jeter dans l'une des trois piscines qui s'y trouvaient. Ce qu'il y avait de plus dur à faire, c'était de choisir dans quelle piscine on allait se jeter.

À midi arrivait un autre très grand moment de la journée : aller au grand restaurant du bateau et réussir à choisir quelle nourriture on souhaitait. Il y en avait tant que parfois, les gens restaient bouche bée devant les tables géantes. Il y avait toutes les espèces de poissons de même que toutes les chairs d'animaux possibles. Ceux qui avaient préparé cette cuisine connaissaient bien leur travail et tout ce qui était à manger était exquis. Après quelques minutes, les

Zehounia alle épreuvot d'minger toutes ches tros hures ches tiots biscuits qu'is avottent aboulé, rapport qu'alle dévot warder des forches pou elle norir sin tiot aveuc ses tettes. Wassim i mingeot vramint pont graind'cosse rapport qu'i volot tout lacher à s'finme mains y avot gramint mau à s'panche. Hureuj'mint, Zehounia alle aderchot à baller assez d'lait pou qu'euch tiot qu'i peuche durer tout cha pis d'morer in bonne sinté.

Ches viux gins Moussa is ravisottent sovint dins ch'sins d'euch temps à vièpe pis is révottent à leu novielle vie. Is leus arpézintottent leu neu vie in Italie conme bin agréape pis bin douche. Conme euq cha a d'jà 'té dit par avant, Wassim ch'étot in clerc in Syrie pis i arcordot eune saquant d'lanques horzines à ches gins là-vo : eul franchais, ch'l'ainglais pis ch'l'italiin. Zehounia alle oeuvrot conme aïute eud chérusiin pis alle povot étou s'eud'viser dins ches lanques qu'eus'n'honme qu'i arcordot. Adon, is adzirottent aderchér à atteinte ch'l'Italie in passaint pa Lampedusa, in tiot coron d'tierre qu'i est à ch'mitant d'ches mers inter Malte pis l'Teunijie. Pis aprins eune saquant d'mos obin d'innées là-vo pour eusses ramonch'ler d'z'iards assez, is leus dijottent qu'is porrottent asseurémint d'aller in Frainche pour eusses y rester pour toudis.

À l'arbout eud chu qu'in viint d'vir, à bord d' « Euch Gaïant d'ches Mers », tout i étot fait pour qu'ches gins qu'is euch'tent toudis quette cosse d'agréape à faire. Par matin té povot gambilonner in molé alintour d'euch batieau in d'allint dins des tiotés voïettes. Aprins, té povos t'ruer dans eune eud ches tros pischines qu'y avot. Euch pus durt qu'y avot à faire ch'étot d'cujir dins queulle pischine qu'in d'allot s'ruer.

À nonne ch'étot in aute fort graind momint d'eul jornée : d'aller à ch'graind restauraint d'euch bâteiau pis aderchér à cujir queu mingeache qu'in volot. Y nn'avot sitant qu'alfos ches gins qu'is d'morottent bec boc d'vaint ches tafes gaïantes. Y avot des pichons d'tous ches sortes, pis toudis sins érèque, pis étou des vavars, d'z'écalipes, d'z'hénons, des garnattes, des mourmoulètes. Asseuré qu'i avot d'chelle char eud toutes ches biêtes qu'in treufe d'sus tierre : pourchieaux d'bos, pourchieaux d'cinse, vaques, taurs, bédeaux, glaines, pourdinnes, codins, marles d'anette, corcoïotes, co-nénesses, garnoulles, caracoles… Ceusses qu'is avottent aperter chelle péqueume is connochottent bin leu ouvrache pis tout chu qu'y avot à minger i étot fort glout. Aprins eune

vacanciers finissaient par prendre quelque chose et puis à se rendre à leur table afin de déjeuner. Mais ce qui était vraiment trop bien, c'est que l'on pouvait sans problème au début goûter quelque chose puis changer d'avis et laisser sur la table ce que l'on n'aimait guère pour retourner chercher quelque chose sur les tables où se trouvait disposée la nourriture. Tandis que l'on faisait cela, des essaims de serveurs étaient là à retirer la nourriture dont les gens ne voulaient plus sur leurs tables pour ensuite la jeter à la mer. La nourriture dont les gens ne voulaient plus faisait alors le bonheur des poissons.

L'après-midi, il y avait toujours beaucoup de jeux afin que les gens n'arrêtassent pas de se relaxer. On pouvait jouer à la balle, apprendre à peindre pour les parents, apprendre à chanter pour les plus jeunes... C'était sans limite.

Et le soir, après un autre long passage par le grand restaurant afin de se remplir à nouveau la panse de la nourriture délicieuse préparée sur le bateau, les touristes en venaient au clou de la journée : c'était le moment du grand spectacle avec les sorciers, les chanteurs célèbres, les humoristes. Tout était fait pour que les gens en eussent plein les yeux. A la fin du spectacle, il se mettait aussi toujours à pleuvoir à l'intérieur du bateau....Si si , il se mettait à pleuvoir.... Mais ce n'était pas de la pluie qui tombait ... Absolument pas ! Il s'agissait en fait de confettis. Chaque soir, après le spectacle, il pleuvait des confettis de toutes les couleurs. Et avec les boules de lumière qui étaient accrochées au plafond et qui tournaient, on avait l'impression qu'il y avait comme des éclairs à l'intérieur du bateau. C'était un peu le paradis sur terre, mais au milieu de la mer.

Enfin, après le spectacle, les gens allaient dans la salle de danse du bateau où l'on pouvait écouter toutes les dernières chansons qui passaient à la radio et aussi danser comme des fous jusqu'à ce que l'on n'eût plus un zeste d'énergie. La salle de danse fermait quand il n'y avait plus personne à l'intérieur. Cela voulait dire qu'elle fermait toujours au lever du jour. Quant à ceux qui n'aimaient pas danser, ils pouvaient rester sur le pont du navire et regarder le ciel la nuit.

Grâce à tout cela, il est vrai que Jean et Anne avaient fini par oublier quelque peu toutes leurs difficultés. Ici pas de soucis à avoir. Il y avait toujours quelque chose à faire pour ne pas se souvenir de leur douleur. Tous leurs ennuis s'éloignaient...

saquant d'mineutes, ches vagancheux is définichottent par printe quette cosse pis à leu rinte à leu tafe pou eusses minger. Mains chu qu'i étot fourbin, ch'est qu'in povot sins problinme au preume essaïer quette cosse, pis canger d'avis pis lacher su s'tafe chu qu'in avot pont querre, pis artorner cacher aute cosse à ches tafes duqu'i avot ch'mingeache. Intandis qu'té faijos cha, ches bachaudées d'sarveurs is étottent là à désaquer ch'mingeache euq ches gins qu'is volottent pus su leus taffes pou l'ruer dins ches mers. Euch mingeache euq ches gins qu'is nn'in volottent pus ch'étot pou ches pichons !

D'après-nonne, y avot toudis gramint d'jux pou qu'ches gins qu'is décess'tent pont d'leus rétuzler. In povot juer à l'balle, apprinte à peinte pou ches viux gins, apprinte à canter pou ches pus tiots, etc... Ch'étot sins parfin.

Pis à viépe, aprins cor in long passache dins ch'graind restaurant pou eusses leu rimplir leu panche d'chelle péqueume pourléquante d'euch bâtieau, ches torisses is arrivottent à ch'couplet d'eul jornée : ch'étot ch'momint d'euch graind espectaque aveuc des faijeux d'sorts, des carimaros, des canteux chélèpes, des conteux d'cacoules. Tout i étot fait pou qu'ches gins qu'is nn'euch'tent plein dins leus ziux. A chelle parfin d'euch'l'espectaque, i s'éboulot toudis à dracher étou in d'dins ch'bâtieau... sifait sifait, i s'éboulot à dracher.... Mains ch'étot nin d'eul pleufe qu'i quéïot... Ninnon. Ch'étot des confettis. Caque viépe, aprins ch'l'espectaque, i drachot des confettis eud toutes ches coleurs... Pis aveuc ches bourles-à-leumière qu'alles étottent ahoquées à ch'plafond pis qu'alles tornottent, té croïos qu'y avot quasimint conme eud'z'éclites in d'dins ch'bâtieau. Ch'étot in molé ch'paradis d'sus tierre, mains à ch'mitan d'ches mers.

Pis infin, aprins ch'l'espectaque, ches gins is d'allottent dins ch'kursaal d'euch batieau duqu'in povot acouter toutes ches dernes canchons d'euch posse pis dincher conme des sots dusqu'à qu'in euche pus eune buque eud forche. Euch kursaal i freumot quainte qu'i avot pus in gin in d'dins. Adon i freumot toudis à l'déjouque. Ceusses qu'is avottent pont querre dincher is povottent d'morer su ch'pont d'euch batieau pis raviser ch'temps à viépe.

Grâche à tout cha, est vrai qu'Jean pis Anne qu'is avottent défini par oblier in molé toutes leus russes. Drochi pont in cass'mint d'tiête à avoir. Y avot

Quand le « Pêcheur de Syrie » et la « Lumière d'Orient » arrivèrent à quelques kilomètres de Lampedusa, les gens commencèrent à apercevoir au loin les lumières des rues du village. Il y avait comme un nuage de lumière qui contrastait avec la nuit noire.

Mais du fait que personne ne pouvait plus attendre, les gens se mirent à se lever à bord des deux chalutiers, mais surtout à bord du « Pêcheur de Syrie ». Le chalutier se mit alors à tanguer sans s'arrêter et finit par complètement se retourner. Il y eut beaucoup de cris à ce moment-là. Puis les gens se retrouvèrent à l'eau. Au moins dix d'entre eux, en particulier les plus faibles à savoir les personnes âgées et les enfants, qui avaient le moins bien supporté la traversée jusque là, se noyèrent immédiatement, quasiment sans rien dire. Ils étaient trop épuisés et abandonnaient le combat. Ceux qui étaient à bord de « La Lumière d'Orient » regardèrent leurs compagnons de traversée disparaître dans les eaux sombres, sans rien pouvoir faire, vu qu'il n'y avait bien sûr pas de canot de sauvetage dans aucun des deux chalutiers.

À ce moment-là, ceux qui étaient tombés dans l'eau et qui n'étaient pas encore morts, ainsi que ceux qui étaient encore à bord de « La Lumière d'Orient » entendirent la sirène d'un bateau, d'abord au loin, puis tout doucement, ils virent arriver un bateau gigantesque, « Le Géant de la Mer ».

Alors le capitaine de « La Lumière d'Orient », à qui il restait quelques bribes d'humanité, voulut essayer de sauver les pauvres gens qui étaient encore dans l'eau. Il décida donc de faire un feu dans l'un des seaux situés sur le pont, afin que « Le Géant de la Mer » les remarquât dans la nuit noire. Cela faisait déjà quelques jours qu'il n'y avait plus de lumière à bord du chalutier, le moteur qui générait l'électricité étant en panne. Il mit même de l'essence dans le seau, pour que le feu crût. Mais comme les personnes à bord de « La Lumière d'Orient » remuaient toujours autant, le seau se renversa et ce fut horrible. Le feu se répandit sur tout le navire jusqu'au petit moteur rempli d'essence. Il y eut

toudis quette cosse à faire pour eusses pont leus ramintuver leu coichache. Toutes leus ahoques alles leus in d'allottent au lon...

Quainte qu'« Euch Pêqueux d'Syrie » pis « Chelle Leumière d'Oriint » qu'is ont arrivé à quiques kilomètes eud Lampedusa, ches gins is ont queuminché à aperchuvoir au lon ches quinquets d'ches cauchies d'euch villache. Y avot conme eune nuée d'leumière qu'a tranquot aveuc eul brun vièpe.

Mains rapport euq tertin tertous qu'i povot mi pus attinte d'arriver, ches gins is ont queuminché à leus étampir tertous à bord eud ches dux trales, mains seurtoute à bord d'« Euch Pêqueux d'Syrie ». Rapport à cha, ch'trale i s'a éboulé à berloquer sins décesser pis y a défini pa complèt'mint s'artorner. Y a eu gramint d'berlaches à ch'momint-là. Pis tous ches gins is leus ont artreuvé dins l'ieau. Almins disse gins, espécial'mint ches pus faipes chu qu'i vut dire ches tiots pis ches viux, qu'is avottent moins bin durer ch'trécopache dusqu'là, is leus ont noïés tout rate, quasimint sins broncher...Is étottent trop mates pis is abindonnottent eul combat. Ches gins à bord d'« Chelle Leumière d'Oriint » is ravisottent leus chochons d'trécopache disparaîte dins ches breunes ieaux, sins rin povoir faire, rapport qu'i avot asseurèmint pont in bacôve eud récapache ne dins leu trale, ne dins l'aute trale.

À ch'momint-là, ches gins qu'is avottent queut dins l'ieau pis qu'is avottent pont cor défunquer, pis zz'autes qu'is d'morottent cor su « Chelle Leumière d'Oriint » is ont intindu ch'cornet d'in batieau au preume au lon pis tout duch'mint is ont vu arriver in gaïant batieau qu'ch'étot ch' « Gaïant d'ches Mers ».

Adon, ch'méneux d'batieau d'« Chelle Leumière d'Oriint », qu'i li d'morot cor des resses eud tchoeur in d'dins li, i a volu épreuver d'déhoter ches paufes gins qu'is étottent dins l'ieau. Bédu i a déchidé d'faire in fu dins in d'ches séïaux su ch'pont pou qu'euch « Gaïant d'ches Mers » qu'i zz'armerque dins ch'brun vièpe. Bédu, cha faijot d'jà quiques jours qu'i avot pus eune leumière à bord d'euch trale, rapport qu'euch'l'acrinquillache qu'i faijot ch'l'ectrichité qu'i étot in raque. Pou qu'euch fu qu'i seuche graind assez, i a minme bouté d'l'échinche in d'dins. Mains rapport euq ches gins d' « Chelle Leumière d'Oriint » qu'is arlochottent toudis, ch'séïau i s'a rué ju pis là cha té horripe. Euch fu i s'a répindu su tout ch'batieau dusqu'à ch'tiot moteur rimpli

alors une première explosion, puis une deuxième, puis une troisième. Quinze personnes décédèrent sur le champ à cause des explosions. Puis les autres se retrouvèrent projetés dans l'eau, comme leurs compagnons d'infortune du « Pêcheur de Syrie ».

Une fois que « La Lumière d'Orient » se fût coupé en deux à cause des explosions, tous étaient désormais dans l'eau froide, mis à part les quinze personnes qui étaient déjà décédées. Comme avant, les personnes âgées et les enfants se noyèrent en premier. Ceux qui pouvaient encore nager un peu purent supporter l'eau froide pendant trente minutes et puis tout doucement, ils commencèrent à perdre leurs forces et à s'en aller vers le fin fond de la mer. Ils disparaissaient les uns après les autres, sans personne pour les retenir ou pour les aider.

Wassim et Zéhounia qui sentaient que leur dernière heure était arrivée, regardèrent une dernière fois leur bébé dans le berceau et l'embrassèrent sur le front. Normalement le bébé pouvait rester bien au sec encore quelques heures, ce qui allait peut-être lui laisser une chance d'en réchapper. Puis Wassim et Zéhounia se serrèrent une dernière fois l'un contre l'autre, ils se donnèrent un dernier doux baiser, puis ils rejoignirent le fin fond de la mer.

Pendant tout le temps où le feu resta conséquent, la sirène du « Géant de la Mer » continua de sonner. Les dernières personnes à mourir purent encore entendre dix coups de sirène du grand bateau. Ils criaient pour être entendus. Mais jamais personne ne vint. Et « La Lumière d'Orient » finit par s'enfoncer dans la mer. Alors la nuit noire revint rapidement. Il ne restait guère plus que le nuage de lumières des rues de Lampedusa.

Quand « Le Géant de la Mer » arriva devant Lampedusa où les vacanciers en croisière devaient dormir une nuit avant d'arriver à Malte, ils entendirent comme des explosions puis ils aperçurent au loin depuis le pont du navire un grand feu dans l'eau. Ils se dirent alors « Waouh ! Quel accueil ! Ils savent dire bienvenue aux gens ici ! ».

En fait, ils remarquèrent trois explosions, très belles, il fallait le reconnaître. C'était vraiment bien préparé et puis dans la nuit noire, les lumières des flammes

d'échinche. Pis là, y a eu eune preume esplojon, pis eune deusse pis eune trojiinme... Quinsse gins is ont défunqué tout rate rapport à ch'z'esplojons. Pis zz'autes is leus ont artreuvé rués dins l'ieau, conme leus paufes cochons d' « Euch Pêqueux d'Syrie ».

In cop qu' « Chelle Leumière d'Oriint » qu'i s'a copé in dux rapport à ch'z'esplojons, tertin tertous, foqu'ches quinsse qu'is avottent d'jà moru, i étot asteur dins chelle froite ieau. Conme avaint, ches viux pis ches tiots is leus ont noïé in preume. Ceusses qu'is povottent cor nager in molé is ont pu durer chelle froite ieau pindint trinte mineutes pis tout duch'mint is ont queuminché à perte leus forches pis à leus in d'aller au terfond d'ches mers. Is disparaîchottent eune à eune, sins in gin pou zz'arténir obin zz'aïuder.

Wassim pis Zehounia qu'is sintottent euq leu derne momint qu'i avot arrivé, is ont ravisé in derne cop ch'berche aveuc leu quinquin in d'dins pis is ont fait eune baisse su ch'front d'euch tiot. Normal'mint, ch'tiot i povot d'morer réchué cor quiques hures chu qu'i d'allot pitête li baller eune chince d'in récaper. Pis Wassim pis Zehounia is leus ont serré fort conter l'eune l'aute, pis is leus ont ballé eune derne douche baisse à l'eune l'aute pis is ont arjoint ch'terfond d'ches mers.

Tout l'temps qu'euch fu qu'i a 'té importaint, ch'cornet d' « Euch Gaïant d'ches Mers » i a cor sonné. Ches dernes gins à défunquer is ont pu intinte cor 10 cops ch'cornet d'euch graind batieau. Is berlottent pour eusses t'ête intindus. Mains nullu i a jamains vénu. Nullu. Pis « chelle Leumière d'Orrint » i a défini pa s'infiquer dins ches mers. Adon ch'brun vièpe i a arvénu trot'mint. I d'morot mi pus qu'chelle nuée d'leumière eud ches quinquets d'ches cauchies d'Lampedusa.

Quainte qu' »Euch Gaïant d'ches mers » qu'i a arrivé eud'vaint Lampedusa duqu'ches vagancheux qu'is dévottent dormir in vièpe eud'vaint d'arriver à Malte, is ont intindu conme eud'z' esplojons pis is ont aperchu au lon d'pus ch'pont d'leu batieau in graind fu dins l'ieau. Is leus ont dit « Waouah, queu accueul ! Is saittent dire binvénute à ches gins drochi ! ».

D'in aute sins, is ont armerqué tros esplojons, fort bielles, i faut l'arconnaîte. Ch'étot vramint bin aperté pis dins ch'brun vièpe, ches leumières eud ches

des explosions se reflétaient sur la mer. Les gens étaient vraiment surpris par un tel spectacle.

À ce moment-là, ils se mirent à crier aussi, un peu comme pour remercier les habitants de Lampedusa dont ils croyaient qu'ils avaient organisé tout cela. Et ils demandèrent alors au capitaine de remercier Lampedusa en faisant retentir la sirène du bateau.

Dans la mesure où le feu au loin resta encore quelques longues minutes, d'aucuns allèrent chercher quelques bouteilles de champagne et commencèrent à boire sur le pont en le regardant. Avec la musique et tous les gens qui étaient en train de crier sur le pont du « Géant de la Mer », ils n'entendaient rien en dehors du bateau. Le capitaine fit encore sonner dix fois la sirène tandis que les gens prenaient du plaisir sur le pont.

À la fin, il y eut même des musiciens qui vinrent sur le pont pour rendre ce moment encore plus agréable. Il est vrai que le feu au loin, la musique, les bouteilles de champagne, les coups de sirène… Cela rendait le moment superbe.

Puis le feu dans la nuit noire finit par s'éteindre. Alors tous les gens retournèrent à l'intérieur du grand bateau. Quel beau spectacle venaient-ils donc de vivre ! Ça allait rester dans les mémoires pour toujours. Ça, c'était vraiment des vacances qu'on ne pouvait pas oublier.

Avant de retourner dans le bateau, Jean et Anne se donnèrent un grand et long baiser en regardant le nuage de lumière au loin, laquelle lumière venait des lampadaires des rues de Lampedusa. Ils avaient maintenant accepté qu'ils n'auraient jamais de bébé et qu'ils devaient profiter des autres belles choses que la vie pouvait offrir.

Quand les vedettes de sauvetage de la Guardia Costeria de Lampedusa arrivèrent sur le lieu où ils avaient aperçu au loin, depuis Lampedusa, des explosions, il ne restait plus que quelques planches de bois, quelques habits, quelques poupées d'enfants… Mais il n'y avait plus personne. Personne n'avait survécu.

flammes d'euch'z'esplojons alles millottent su ches mers. Ches gins is étottent vramint seurprins par in espectaque ainsin.

Adon is leus ont éboulé à berler auchi, in molé conme pour arméchier ches gins d'Lampédusa, qu'is croïottent qu'is avottent agimolé tout cha. Pis is ont étou d'mindé à ch'méneux d'batieau d'armèchier Lampedusa in faijaint berler ch'cornet d'euch batieau.

Rapport qu'euch fu au lon qu'i a d'moré quiques lonqués mineutes, y nn'a des ceusses qu'is ont d'allé querre des botelles eud champane pis qu'is ont queuminché à chucher su ch'pont in ravisaint ch'fu au lon. Aveuc eul meujique pis tous ches gins in route à berler su ch'pont d' « Euch Gaïant d'ches Mers », is intindottent rin in déhors eud leu batieau. Euch méneux d'batieau i a cor fait sonner dix cops ch'cornet, intandis qu'ches gins qu'is avottent du plaiji su ch'pont.

Pour nn'in définir, y a minme des jueux d'instreumint d'meujique qu'is ont vénu su ch'pont pour eusses rinte euch momint cor pus agréape. Est vrai qu'euch fu au lon, qu'chelle meujique, qu'ches botelles eud champanne, qu'ches cops d'cornet… tout cha ch'étot vramint in fort bon momint.

Pis ch'fu dins ch'brun viépe i a défini par s'éteinte. Adon tous ches gins is ont artorné in d'dins ch'graind batieau. Queu bieau espectaque qu'is vénottent eud vife ! Cha d'allot d'morer dins leus ramintuvaches pou toudis. Cha ch'étot des vrais vaganches qu'in povot nin oblier.

Eud'vaint d'artorner in d'dins ch'batieau, Jean pis Anne is leus ont ballé eune grainte pis lonque baisse in ravisaint chelle nuée d'leumière au lon, qu'alle vénot d'ches quinquets d'ches cauchies d'Lampedusa. Is avottent asteur accepté qu'is arottent jamains d'tiot pis qu'is dévottent pourfiter d'ches autes biellés cosses qu'eul vie qu'alle porrot baller.

Quainte euq ches batieaux d'récapache d'chelle Guardia Costeria d'Lampedusa qu'is ont arrivé duqu'is avottent aperchu au lon, d'pus Lampedusa, ch'z'esplojons, i d'morot foqu'eune saquant d'planques eud bos, quiques rhabillures, quiques gugusses eud tiots .. Mains y avot mi pus in gin. Nullu y avot récapé.

Les secouristes en mer en pleurèrent parce qu'ils avaient compris qu'il devait y avoir eu encore beaucoup de décès.

Puis tout à coup, ils entendirent un petit cri, comme un cri de petit. C'était un bébé qui avait survécu et il devait encore être sur l'eau. Alors ils commencèrent à allumer toutes les lumières qu'ils avaient. Puis, après quelques minutes, ils découvrirent un petit berceau qui flottait sur l'eau et dans lequel il y avait un bébé qui pleurait. Les marins se dépêchèrent d'attraper le berceau et ils prirent le bébé dans leurs bras après l'avoir enveloppé dans un drap chaud.

Dans un petit sac en plastique au fond du berceau il y avait un petit morceau de papier sur lequel était écrit « Nous, nous venons de Syrie et si vous lisez ce morceau de papier, c'est que l'on n'a pas survécu au voyage mais peut-être que notre petit bébé est encore vivant. Il s'appelle « Moussa » qui en arabe veut dire « Moïse ». On s'est dit qu'avec un nom comme cela, il survivrait à tout et partout. On vous remercie beaucoup par avance de lui donner une belle vie. »

De son côté, « Le Géant de la Mer » finit par arriver à Lampedusa mais les vacanciers étaient un peu déçus. Ils pensaient qu'ils allaient être accueillis comme des rois mais personne n'était là.

En fait, tous les habitants du village avaient entendu la bonne nouvelle : un bébé qui se nommait « Moïse » avait survécu à un naufrage. C'était un miracle. Tout le monde voulait voir le bébé car le bon Dieu devait l'avoir aidé à survivre à cette épreuve.

Une fois à terre, Jean alla voir un des secouristes en mer car il pouvait parler un peu l'italien, afin de comprendre ce qui se passait. Et là son visage devint tout blanc. La sueur le gagna. Il fut pris de vertige pendant un moment. Il faillit même tomber en syncope tellement il en était retourné. Il avait en effet compris la chose horrible qui venait d'arriver. Tandis qu'ils étaient en train de boire sur leur grand bateau en écoutant de la musique et en donnant des coups de sirène, il y avait des pauvres gens qu'on aurait pu sauver mais qui moururent

Ches bacqu'teux d'récapache is nn'ont brai rapport qu'is avottent comprins qu'i dévot y avoir eu gramint d'gins qu'is avottent cor défunqué.

Pis tout d'in cop, is ont intindu in tiot berlache , conme in berlache eud tiot. Ch'étot in quinquin qu'i avot récapé pis qu'i dévot cor t'ête d'sus l'ieau. Adon is ont queuminché à alleumer toutes ches leumières qu'is avottent.... Pis aprins eune saquant d'mineutes, is ont démuché in tiot berche qu'i étot d'sus l'ieau pis qu'y avot in d'dins ch'quinquin qu'i braïot. Ches bacqu'teux d'récapache is leus ont dégroullé d'ravoir ch'berche pis is ont prins ch'quinquin dins leus bras aprins l'avoir invéloppé dins in caud lincheux.

Dins in tiot sa in plastitche à ch'terfond d'euch berche y avot i tiot coron d'papier duqu'y avot écrit « Nousautes in viint d'Syrie pis si qu'os lijez ch'te coron d'papier, ch'est qu'in a nin récapé à ch'voïache mains pitète euq nous tiot quinquin qu'i est cor vivaint. I s'lonme « Moussa », qu'in arape cha veut dire Moïse. In s'a dit qu'in l'lonmaint conme cha, qu'i récap'rot à tout tout partoute. In vous arméchie gramint d'cops par avinche eud li baller eune bielle vie ».

Eud sin côté, « ch' Gaïant d'ches Mers » i a défini par arriver à Lampedusa mains ches vagancheux is étottent in molé défrisés. Is pinsottent qu'is d'allottent t'ête archus conme des ros mains nullu i étot là.

Dins in aute sins, tous ches gins d'euch villache is avottent intindu l'bonne novielle : in tiot qu'i s'lonmot Moïse i avot récapé d'in naufrache. Ch'étot in miraque. Tertin tertous i vollot vir euch quinquin rapport qu'euch bon diu qu'i avot dévu l'aïuder à nn'in récaper.

In cop d'sus tierre, Jean i a d'allé vir in d'ches bacqu'teux d'récapache rapport qu'i povot s'eud'viser in molé in italiin pou li comprinte chu qu'i s'passot. Pis là, sin visache i a dév'nu tout blanc conme in chicon. Tout sin corps i a dév'nu tout fraique eud caud. I s'a sinti tourniche pindint in momint. I a minme manqué d'querre in favelotte tanmint qu'i nn'étot artorné. I avot bédu comprins chelle cosse horripe qu'alle avot arrivé. Intandis qu'is étottent in route à chucher d'sus leu graind batieau in acoutaint d'eul meujique pis in ballaint des cops d'cornet, i avot des paufes gins qu'is arrottent pu faire récaper

tout doucement dans l'eau froide. Dans quel monde fou vivons-nous donc ! Il n'en revenait pas.

Alors que les autres vacanciers décidèrent de continuer leur voyage, même ceux qui avaient appris ce qui venait d'arriver, Jean et Anne, eux, allèrent à l'Eglise de Lampedusa pour demander pardon de n'avoir rien fait pour sauver les pauvres gens qui venaient de mourir. Puis ils décidèrent d'aller rencontrer les carabinieri du village pour voir s'ils pouvaient adopter le petit Moussa afin de lui donner une belle vie, la belle vie que ses parents souhaitaient pour lui. Après quelques jours de discussions avec les carabinieri et les secouristes en mer de Lampedusa, ces derniers décidèrent de laisser le petit Moussa à Jean et Anne, qui retournèrent de suite en France pour cajoler de toutes les manières possibles ce bébé qu'ils avaient tant attendu et qui venait tout d'un coup de leur arriver comme cela, du fond de la mer. Selon moi, il est juste de dire que Wassim et Zéhounia sont parvenus à donner à leur bébé un bel avenir au travers de leur sacrifice.

En hommage à tous ces pauvres gens qui se sont noyés en essayant de venir chez nous, les nantis.

qu'is ont défunqué tout duch'mint dins chelle frote ieau. Queu sot monte qu'in vit in d'dins ! I nn'in rév'not pont.

À l'adon qu'euch'z'autes vagancheux qu'is ont déchidé d'continuer leu voïache, minme ceusses qu'is avottent apprins chu qu'y avot arrivé, Jean pis Anne is ont, eusses, d'allé dins ch'l'église eud Lampedusa pour eusses eud'minder perdon d'avoir nin fait récaper ches paufes gins qu'is vénottent eud défunquer. Pis is ont déchidé d'd'aller vir ches cadoreux d'euch villache pour eusses vir si qu'is porrottent adopter ch'tiot Moussa pour eusses li baller eune bielle vie, chelle bielle vie qu'ches viux gins qu'is adzirottent pou li. Aprins quiques jornées d'babellaches aveuc ches cadoreux pis ches bacqu'teux d'récapache eud Lampedusa, ches dernes is ont déchidé d'lacher ch'tiot Moussa à Jean pis Anne. Adon is ont déchidé d'artorner tout rate in Frainche pour eusses amidoler, achuchonner, apouchiner bref-à-cha brader ch'tiot qu'is avottent tanmint attindu pis qu'i vénot tout d'in cop d'arriver à eusses conme cha d'euch parfond d'ches mers. À m'mote qu'in put dire euq Wassim pis qu'Zehounia qu'is ont aderché à baler à leu tiot in bieau dévinir grâche à leu sacrifiche.

In hommache à tous ches paufes gins qu'is leus ont noïé in épreuvaint d'd'vénir à mon nousautes, ches bradés

L'été 14

Nouvelle de Jean-Marie François

Le soleil poudroyait, dans le ciel bleu bourgeron[1]. Des étincelles de lumière miroitaient sur la Trie[2] qui gazouillait au milieu des pâtures vertes. Vertes d'un vert si tendre. L'air était doux. Le vent, mou, caressait doucement les hanches, les cuisses des talus, amoureusement. La chaleur faisait éclater le torchis autour des écuries et des poulaillers. Les mouches, les guêpes, les bourdons vrombissaient, ivres de sécheresse.

Tout à coup, le pic-vert lança son cri, perçant comme une aiguille.

Augustin essuya sa lame de couteau sur le genou de son pantalon de velours noir. Il alla à la porte, son épaule appuyée contre le chambranle. Il regarda dehors, la main sur ses sourcils. Il sentit le plaisir qui rentrait, qui gonflait sa poitrine. Le plaisir, qui le remplissait.

Augustin était veuf. Il avait une ferme, dans la verte vallée de la Trie. Une belle ferme, avec une entrée cochère, et un arbre de vie dessiné sous le grenier. Un grenier bien garni.

Augustin avait une maison, une belle maison blanchie à la chaux, tous les ans, à la fête du village, les soubassements goudronnés, et les volets bleus, avec de petits cœurs découpés dedans.

Derrière la maison, les pommiers du verger s'épanouissaient au printemps, qui donneraient leur cidre, à profusion, à l'automne.

Augustin regardait sans les voir les poules qui cherchaient des vers en caquetant, le coq qui les surveillait, orgueilleux sur son tas de fumier.

Le pic-vert fit à nouveau entendre son cri.

Augustin avait une fille : Louise. Le moulin de son cœur. Louise, souple comme un roseau, avec ses lèvres framboise, et ses yeux de bleuets.

---

1 veste de travail bleue

2 rivière du Vimeu vert, Picardie

Chl'été 14
Nouvelle ed Jean-Marie François

Ch'solé i poroait, ébleuichant, din ch'temps bleu bourgeron. Dz'étinchelles éd leumiére i miloait't su la Trie qu'al guerjoloait au mitan d'chés pâtures verdes. Verdes d'un vert tellemint tèr. L'air al étoait douche. Éch vint, mo, il aflatoait tout duchmint chés hancs, chés tchuiches éd chés roéyons, amoureusemint. L'caleur al éclotchoait ch'torchis alintour éd chés étchuries pi d'chés pouillers. Chés mouques, chés wèpes, chés malots i bzon-noait't, morzives éd sécrèche.

Tout d'un coeup, ch'pleupleu, il o lanchè sin cant, perchant conme inne aidjuille.

Audjustin il o échuè sn'aleumelle édsu sin jnou d'patalon in trèque noér. Il o tè à ch'pothuis, ésn épeule appoéyèe à chl'équérichure. Il o rébéyè déhors, és main su ses sorcius. Il o sintu ch'plaisi qui rintroait, qui gonfloait s'poétréne. Éch plaisi, qui l'rimplichoait.

Audjustin il étoait vève. Il avoait inne cinse, din chol verdé vallèe d'la Trie. Inne belle cinse, aveuc inne cartrie, un abe éd vie indsous d'chol chnaille, chol chnaille bien guernie.

Audjustin il avoait inne moaison, inne belle moaison blantchie à l'queux, tous lz'ans, à l'fête d'éch poéyi, chés seulins noérchis au colta, pi chés contrévints bleus aveuc des piots tchoeurs éd décopès d'din.

Pèr driére chol moaison, chés peumiers d'éch plant i s'épénichoait't au boin temps, qui don-neroait't leu cite, achi-amache, à l'aprézeut.

Audjustin i rbéyoait sans zzés vir chés glaines qui trachoait't à vers in codatchant, éch co qui zzés miloait, imbléyeu su sin mont d'fièn.

Ch'pleupleu il o rlanchè sin cri.

Audjustin il avoait inne fille : Louise. Éch molin d'sin tchoeur. Louise, liante conme inne herchelle, aveuc ses lippes éd framboése, et pi ses zius d'bluets.

Louise, innocente, inconsciente de sa beauté dans son jupon fleuri, Louise avait senti son cœur cogner quand elle l'avait aperçu pour la première fois, lui, en bras de chemise, au milieu de la cour.

Lui, c'était Julien. On ne l'avait jamais vu dans le pays de la Trie. Un étranger.

Avec ses yeux de charbon, sa petite moustache fine, sa peau bise, et sa boucle de cheveux qui lui retombait toujours sur le front. Beau comme un jeune dieu.

Leurs yeux s'étaient croisés : les yeux de bleuets de Louise, et les yeux de charbon de Julien. Leurs yeux s'étaient parlés. Ils s'étaient reconnus.

Comment était-il arrivé là, Julien ?

Son chemin était passé par là, un peu par hasard, et puis, Augustin avait besoin de bras, pour les moissons. Pour faucher le blé. Ça tombait bien.

Ça s'était fait comme ça. On s'était mis d'accord. À manger. À boire. Le foin de la grange, et puis quelques sous, pour son tabac.

Julien était allé à la pompe, boire une gorgée d'eau. Louise était rentrée, faire à manger.

Elle était rentrée dans la cuisine pour préparer le repas, remplir les casseroles, allumer le gaz, faire bouillir l'eau. Mais sous ses paupières, dans sa tête, à Louise, une image : Julien, ses cheveux noirs, ses épaules, sa chemise ouverte… Une image qui ne pourrait plus s'effacer.

C'était la moisson. Le soleil cognait. Sur les champs, dans les cœurs. Sur les pentes douces de la verte vallée de la Trie, les faux coupaient, les moissonneurs fauchaient : chapeaux de feutre sur les nuques, et puis les étuis qui pendaient aux ceintures, les pierres à aiguiser dedans. Les reins douloureux. La sueur dans les yeux. Les lèvres sèches. Les bouches assoiffées.

Louise, mouchoir à carreaux sur la tête, son jupon fleuri qui dansait, ses jambes bises, libres sur les chaumes, Louise portait les gourdes de cidre en terre aux faucheurs, aux lieurs.

Julien s'était redressé un instant, il s'était essuyé le front de la main. Il était tellement beau au milieu des autres, les manches de sa chemise retroussées sur ses bras musculeux. Sa force. Sa peau dorée.

Louise, innochinte, inconsciènte d'és bieutè din sin cotron fleurachè, al avoait sintu churtcher sin tchoeur quante al l'avoait aperchu pour él premiére foés, li, in bros d'écmise, au mitan d'chol cour.

Li, ch'étoait Julien. O ll'avoait janmoais vu din ch'poéyi d'la Trie. Un horzain.

Aveuc ses zius d'querbon, s'pieute moustache fin-ne, és pieu bise, pi s'blouque d'égveux qu'À rtchéyoait tojours su sin front. Bieu conme un jon-ne diu.

Leus zius i s'avoait't croésès : chés zius d'bluets à Louise, et pi chés zius d'querbon à Julien. Leus zius i s'avoait't perlè. I s'avoait't ercon-nus.

Écmint qu'il étoait lo, Julien ?

Sin cmin il avoait passè pèr lo, un molé pèr hasèrd, et pi Audjustin il avoait dzoin d'bros, pour chés moéchons. Pour feutcher ch'blè. A tchéyoait bien.

A s'étoait foait conme o. O s'avoait mis d'accord. À minger. À boére. Éch fin d'chol grange, et pi quiques piéches, pour sin toubac.

Julien il avoait tè à chol pompe, boére inne gorgie d'ieu. Louise al avoait rintrè, foaire à minger.

Al avoait rintrè din l'tchuisine, foaire à minger, rimplir chés castroles, ralleumer ch'fu, foaire bolir doï ieu. Mais dsous ses peupiéres, din s'tête, à Louise, inne image : Julien, ses gveux noérs, ses épeules, sn' écmise ouverte… Inne image qu'À n'povoait mie pu s'déffacer.

Ch'étoait l'moédeut. Ch'solé i butchoait. Su chés camps, din chés tchoeurs. Su chés pentes douches éd chol verdé vallèe d'la Trie, chés feuques i copoait't, chés moéchonneux i feutchoait't : capieux d'feute su leu tcheuette, et pi chés coffins qui pindoait't à leu cheinture, chés tcheusses éddin. Chés reins doreux. Chol sueur din chés zius. Chés lippes sèques. Chés bouques essouélèes.

Louise, sin mouchoér à carrieux su s'tête, sin cotron fleurachè qui dansoait, ses gambes bisies, libes su chés éteules, Louise al portoait chés crapeuds d'cite à chés feutcheux, chés in-houveleux.

Julien i s'avoait rdréchè, un momint, il avoait échuè sin front aveuc és main. Il étoait tellemint bieu au mitan dé zz'eutes, ses manches d'écmise ertroussèes su ses bros mustchuleux. És forche. És pieu dorèe.

Un couple de cailles qui filaient dans le ciel.

Sans même le faire exprès, leurs yeux s'étaient rencontrés, une nouvelle fois, forcément. Des yeux, ça dit tout, mieux que les bouches. Les cœurs qui rient.

C'est comme ça qu'un soir ils s'étaient retrouvés, au bord de la Trie, assis côte à côte, sur la racine d'un saule, avec les rainettes qui chantaient autour d'eux.

Le soleil avait basculé derrière les collines de Toeufles. Le crépuscule était tombé. Le vent moite avait poussé les nuages. La lune, corne de taureau d'argent, avait lui à travers les branches.

Louise avait niché sa tête blonde sur l'épaule dure de Julien. Une odeur de paille.

L'étoile du berger : une perle sur le velours noir de la nuit.

Il avait tourné son cou. Leurs bouches s'étaient frôlées dans la douceur de la nuit.

***

Désormais, tous les soirs, la branche de saule les accueillait au bord de laTrie, qui gazouillait doucement en descendant vers Miannay. Même que des fois, ils trempaient leurs orteils dans l'eau.

Même que parfois ils s'effrayaient d'une chouette qui hululait dans le noir.

Augustin, bien sûr, du coin de l'œil, se doutait de quelque chose. Mais il avait confiance en sa fille. Et puis il regardait Julien comme un fils maintenant. Et puis, un jour, il faudrait bien qu'il y ait quelqu'un pour reprendre la ferme.

Juillet était passé comme un rêve.

Et puis, le 2 août 14, les cloches avaient sonné à toute volée :

MOBILISATION GÉNÉRALE

Julien était parti au front, là-bas, quelque part dans l'Aisne. Un matin. Le pic-vert avait relancé son cri perçant comme une aiguille : il crachinait sur la vallée de la Trie.

Inne cope éd coailles i bzinoait't din ch'temps.

Sans meume él foaire espré, leus zius i s'avoait't rincontrès, coér un coeup, forchémint. Des zius, a dit toute, miu qu'chés bouques. Chés tchoeurs qui rit't.

Est conme o qu'un soér i leuz avoait't ertreuvès, au bord éd la Trie, assis, côte côte, édsu l'rachin-ne d'un seu, aveuc chés rain-nes qui cantoait't alintour.

Ch'solé il avoait bastchulè pèr driére chés monts d'Toeufe. Éch vrèpe il avoait tcheu. Éch vint moéte il avoait poussè chés nuèes. Chol leune, inne corne éd toér in ergint, al avoait milè in travers chés branques.

Louise al avoait anichè és tête blon-ne su chl'épeule durte à Julien. Un sintimint d'feurre.

Échl étoéle d'éch Bertcher : inne pérle édsu ch'trèque noér éd la nuit.

Il avoait tornè sin co. Leus bouques i s'avoait't fruchèe din l'doucheur éd la nuit.

***

Achteure, tous les soérs, chol branque éd seu a zz'atcheuilloait au bord éd la Trie, qu'al guerjoloait tout duchmint in déchindant dvers Miéna. Meume qu'à msure i trimpoait' leus ortlets din l'ieu.

Meume qu'à msure i s'épaveudoait't d'éch caouin qui houppoait din ch'noér.

Audjustin, bié seur, d'éch coin d'sin ziu, i s'doutoait quique cose. Mais il avoait dol fiate à s'fille. Et pi i rbéyoait Julien conme un fiu achteure. Et pi, un jour, i feudroait bien qu'i y euche quiqu'un qui rprinche chol cinse.

Juilet il avoait passè conme un reuve.

Et pi, él 2 d'a-out 14, chés cloques iz avoait't son-nè à plein volèe :

MOBILISATION GÉNÉRALE

Julien i s'avoait in allè, au front, là-bos, quique pèrt din l'Ain-ne. Un matin. Ch'pleupleu il avoait rlanchè sin cri perchant conme inne aidjuille : i pluvtinoait un molé su chol vallèe d'la Trie.

Au début, Louise avait reçu une lettre, tous les jours. Pendant un an, ou presque. Des lettres qui parlaient de la boue, là-bas, dans les tranchées, du fracas de la guerre. Des barbelés, des combats, des rats, de la vermine. Et des chevaux qui perdaient leurs entrailles dans la boue.

Il lui disait qu'il l'aimait. Qu'elle était son étoile à lui, au milieu des frayeurs, des angoisses. Son cœur en tremblait : elle priait, parfois.

Une fois, deux fois, il y avait bien eu une permission. Elle l'avait serré dans ses bras, si maigre, ses yeux égarés. La racine du saule était contente de les revoir, mais les rainettes ne chantaient plus.

Et puis les lettres sont arrivées tous les deux jours, pendant un moment, puis toutes les semaines, et puis plus rien. Plus rien.

Louise allait seule, le soir, au bord de la Trie. Elle s'asseyait sur la racine de saule en forme de balançoire – ou bien de croissant de lune.

Lune bleue

Lune de miel

Qui scintille

Sur l'eau

Bise.

Maintenant, il n'y avait plus les bras forts de Julien, son épaule dure, sa boucle de cheveux qui tombait sur son front, l'odeur de la paille. Au lieu de cela, sa compagne, désormais, c'était la tristesse. Et à ses paupières, deux perles de pluie, parfois.

Un jour au matin, c'était l'automne 1916, Louise reçut, par le facteur, une enveloppe, avec une croix rouge dessus.

La gorge serrée, elle est allée au tiroir, prendre ses ciseaux, pour l'enveloppe.

Elle en sanglota de soulagement : Julien avait été blessé : seulement blessé. Il était encore vivant ! Ce n'était pas trop grave : il allait revenir !

Au cminchmint, Louise al avoait rchu inne lette, tous les jours. Pindant un an, quasimint. Des lettes qui perloait't éd chés raques, là-bos, din chés tranchèes, d'éch buzin d'lÀ djerre. Éd chés fils éd ronches, éd chés combots, d'chés rots, d'él vermin-ne. Éd chés bidets qui pardoait't leus breuilles din chés beues.

I li disoait qu'il l'aimoait. Qu'al étoait sn'étoéle à li, au mitan d'chés freus, d'chés ingouches. Sin tchoeur i tran-noait. Al prioait, à msure.

Inne foés, deux foés, i y avoait bien ieu inne permission. Al l'avoait sarrè din ses bros, maigue conme un cleu, ses zius pardus. Chol rachin-ne éd seu al étoait continte dé zzés rvir, mais chés rain-nes i n'cantoait't pu.

Et pi chés lettes i sont arrivèes tous les deux jours, pindant un momint, pi tous les smain-nes, et pi pu rien. Pu rien.

Louise al alloait tout seu, au vrèpe, au bord éd la Trie. À s'assiyoait su chol rachin-ne éd seu in forme éd balanchoére – o bien d'croéssant d'leune.

Leune bleuse

Leune éd mié

Qu'al mile

Su l'ieu

Bise.

Achteure, i y avoait pu chés bros forts à Julien, sn'épeule durte, és blouque d'égveux qui li tchéyoait su sin front, éch sintimint d'feurre. À plache, és compaingne, achteure, ch'étoait l'tristèche. Pi à ses peupiéres, deux perles éd pleuve, à msure.

Un coeup au matin, ch'étoait l'aprézeut 1916, Louise al o rchu, pèr éch facteur, inne inveloppe, aveuc inne croé rouge édsur.

Sin gasiot étran-nè, al o tè à ch'tiloér prin-ne sin cisieu pour ovrir échl inveloppe.

A nn'o sougloutè d'soulagemeint : Julien il avoait tè blessè : seulmint blessè ! Il étoait coér vivant ! Ch'étoait point d'trop grave : il alloait rvénir !

Elle allait le revoir ! Le soigner ! Le remettre d'aplomb ! Le requinquer ! Cinq semaines : une éternité !

Quand elle l'a vu arriver, avec ses béquilles, son calot de travers sur sa tête, elle a senti sa gorge se nouer : il flottait tellement dans sa veste d'uniforme, avec ses yeux creux, tellement maigre. Et son pauvre petit sourire au coin des lèvres, qui vous retournait de l'intérieur.

Cinq semaines. De tendresse. D'espoir. Cinq semaines, à le dorloter, le bercer, le guérir. Cinq semaines qui se sont envolées comme un fétu de paille au vent. Cinq semaines pour croire à la beauté du monde.

Cinq semaines pour s'asseoir sur la branche de saule, avec l'éclair bleu d'un martin-pêcheur au ras de la Trie.

Julien est reparti. Elle ne savait où. Lui non plus.

Et puis les lettres, à nouveau, tous les jours… puis tous les deux jours… puis toutes les semaines… puis plus rien.

Plus rien : encore une fois : le silence.

Encore une fois, Louise se tordait les mains, abandonnée, sur la racine de saule, en regardant le soir tomber. En regardant le clocher, lancé vers les étoiles, tandis que la Trie, indifférente, emportait ses larmes.

Le printemps est revenu. Le printemps 17. Les pommiers refleurissaient, malgré tout. Les blés, poussés par une force indicible, levaient dans les champs. Les têtards, au bord de la Trie, tortillaient leur queue. On avait même entendu un coucou chanter. Les coquelicots piquetaient les talus…

Et puis midi qui sonne au clocher. L'Angélus. Le facteur qui rentre dans la cour de la ferme d'Augustin. Au bout de ses doigts, une enveloppe, avec un tampon dessus.

Julien avait été envoyé dans un régiment, là-bas, elle ne savait où, au diable Vauvert.

Au Chemin des Dames, qu'ils disaient.

Qu'est-ce que ça pouvait être, que ce chemin-là ?

Al alloait ll'ervir ! Pour él songner ! Él ratampir ! LL'erquintcher ! Chonq esmain-nes : inne éternitè !

Quante al l'o vu arriver, aveuc ses bétchilles, sin calot d'bistincoin su s'tête, al o sintu sin guigui qui s'sarroait : i flottoait tellemint din s'casaque d'uniforme, ses zius rinfoncès, sé conme un raille. Sin paure tchot sorire, à ch'coin d'ses lippes, qui vos rtornoait d'in d'din.

Chonq esmain-nes. Éd tindrèche. D'espoér. Chonq esmain-nes, à l'coater, à l'bercher, à l'djérir. Chonq esmain-nes qui leuz ont involè conme un plé d'feurre din ch'vint. Chonq esmain-nes pour croére à l'bieutè du mon-ne.

Chonq ésmain-nes pour s'assir su chol branque éd seu, aveuc échl éclair bleuse d'un pèque-roche à rase éd la Trie.

Julien i s'o r'in allè. À n'savoait mie d'où. Li non pu.

Et pi chés lettes, à nouvieu, tous les jours… pi tous les deux jours… pi tous les smain-nes… Pi pu rien.

Pi pu rien, coér un coeup : él silinche.

Coér un coeup, Louise al s'teurdoait ses mains, abindon-nèe, su chol rachinne éd seu, in rbéyant ch'vrèpe tchèr. In rbéyant ch'clotcher lanchè din chés étoéles, atandis qu'la Trie, indifférinte, al importoait ses lèrmes.

Ch'boin temps il o rvénu. Ch'boin temps 17. Chés peumiers i rfleurichoait't, margré toute. Chés blès, poussès pèr inne forche increuyabe, i s'dessatchoait't din chés camps. Chés camborgnes, au bord éd la Trie i teurtignoait't leu tcheue. Oz avoait meume intindu un coucou canter. Chés mahons i tiquetoait't chés roéyons…

Pi nonne qui sonne à ch'clotcher. L'Anjolus. Ch'facteur qui rinte din chol cour éd chol cinse à Audjustin. Au bout d'ses doéts, inne inveloppe, aveuc un tampon dsur.

Julien il avoait tè rinvoéyè din un régimint, là-bos, A n'savoait mie d'où, au diablé boli.

Au Cmin des Dames, qu'i disoait't.

Quoè qu'ch'est qu'cha povoait-ti éte, éq chu Cmin-lo ?

Et qui pouvaient-elles être, ces dames-là ?

Louise a senti un pincement, au fond de son ventre, une morsure dans son cœur : ces dames lui trottaient dans la tête.

Ça a duré des journées, des nuits entières, cette angoisse-là, ce poison dans ses veines, à se retourner dans ses draps, le cerveau en feu, les yeux rongés de fièvre.

Elle n'a rien dit, à personne. Augustin n'a rien su.

Elle est allée à la gare. Au Quesnoy. Elle a demandé un billet, pour le Chemin des Dames.

Mais il n'y avait aucun Chemin des Dames sur l'indicateur du Chemin de Fer.

Louise est retournée à sa chambre. Elle a fait un baluchon.

Et puis, au lever du jour, elle s'est en allée, à son tour.

Le soleil, frileux, qui se cache. La Trie, lasse, qui frissonne. La bruine.

Louise a tout simplement suivi les rails, les rails qui filaient tout droit, là-bas, quelque part, vers le Nord. Elle a suivi les rails, pas après pas, ses yeux fixés sur l'horizon, là où les rails se rejoignent, là-bas, toujours plus loin, dans les brumes grises. Avec, dans sa tête, un chemin, un chemin avec des dames alignées tout au long. Aux lèvres rouges, aux paupières bleues.

Juchée sur sa branche, une corneille noire, interloquée, la regardait s'éloigner, rapetisser, rapetisser…

Pi tchèche éq cha povoait-ti éte, éq chés Dames-lo ?

Louise al o sintu inne pinche din s’panche, et pi inne morchure din sin tchoeur : chés dames i li trottoait’t din s’chervelle.

O durè des jornèes, des nuits intiéres, échl ingouche-lo, éch poéson din ses vein-nes, à s’ertorner din ses lincheux, s’chervelle in fu, ses zius matchès d’fiéve.

À n’o point dit rien à parson-ne. Audjustin i n’o rien seu.

Al o tè à l’gare. Au Tchénoè. Al o nmandè un titchet, pour chu Cmin des Dames.

Mais y avoait mie dé Cmin des Dames su chl’inditchateur éd chu cmin d’fer.

Louise al o rtornè à s’cambe. Al o foait ses quiques patchets.

Et pi, à l’pitchette du jour, a s’a in allè, à sin tour.

Ch’solé, frilleux, qui s’muche. La Trie, ercran-ne, qu’al frichon-ne. Él brouin-ne.

Louise al o simplémint sui chés rails, chés rails qui filoait’t, tout droét, là-bos, quique pèrt, vers éch Nord. Al o sui chés rails, pos apreu pos, ses zius din chés lointeurs, lo qu’chés rails i s’ercop’t, là-bos, tojours pu loin, din chés breumes grises. Aveuc, din s’tête, un cmin, un cmin aveuc des dames alignèes tout du long. À lippes rouges, pi à peupiéres bleuses.

Joutchèe sur és branque, inne cornaille noére, ébeubie, al l’erbéyoait ratincher, rapiotir, rapiotir…

Tapage nocturne

Nouvelle de Gérard Platevoet

Pardon, je m'excuse, Monsieur le juge, mon nom, ce n'est pas Lange. Je m'appelle Lanche.

C'est ça, Lanche Gabriel.

Je vous remercie beaucoup, Monsieur le juge.

Si je sais pourquoi je suis ici ? Pour du tapage nocturne ?

Ah non, l'agent de police s'est trompé. Ce n'est pas moi qui ai fait du bruit, c'est ma mobylette. Ce n'était même pas la mienne. C'est mon oncle Milot qui me l'avait prêtée, celui qui tient un cabaret, au carrefour de la Grand place et de la rue qui remonte vers la gare. Celle où il y a des travaux pour mettre le téléphone. Les ouvriers l'avaient déjà ouverte pour le gaz, mais ils ont recommencé à côté pour le téléphone. Faire et défaire, c'est toujours travailler.

Mon oncle, tout le monde l'appelle Milot, mais c'est un diminutif. Son vrai nom, c'est Émile. Le nom de son bistrot, c'est le Vénus. Certains disent que heureusement que les buveurs ont des bras. Je n'ai pas compris pourquoi ça les faisait rire. Chez les gens qui ont trop bu, c'est souvent ainsi, ils rient pour rien, parfois tout seuls, comme des idiots.

Ça n'a rien à voir avec notre affaire ?

Peut-être, mais c'est pour vous expliquer ce que je faisais là à cette heure-là.

Il était trois heures du matin et je voulais rentrer chez moi. Eh bien oui, ma femme n'aime pas que je rentre tard. Elle s'inquiète tant que je ne suis pas de retour.

Le temps était maussade et je n'avais pas emporté mon imperméable vu qu'ils avaient dit à la météo qu'il n'allait pas pleuvoir. Mais je pense que vous le savez, Monsieur le juge, à la météo, ce sont tous des menteurs. Je trouve qu'on devrait les trainer en justice pour leurs mensonges.

Au fait, au fait ?

Au début, je ne voulais pas faire la fête. Mais vous savez comment ça va. On rencontre des amis et c'est l'embuscade. J'ai de la volonté, savez-vous, mais

Tapache nocturne

Nouvelle d' Gérard Platevoet

Pardeon que j' m'escusse, M'sieu l' juche, m'n néom, ch' n'est pos Lange. J' m'appelle Lanche.

Ch'est cha, Lanche Gabriel.

Ej vous ormercie bin fort, M'sieu l' juche.

Si j' sais pourquoi que j' sus t'ichi ? Pou du tapache nocturne ?

Ah neon, l'agint d' police i s'a trompé. Çh' n'est pos mi qui-a fait du bruit, ch'est m' mobylette. Ch' n'éteot même pos l' mienne. J' l'aveos eue à prêter à m' moneonque Milot qui tint cabaret, au carrefour de l' grand plache et de l' rue qui ormeonte vers Él gare. Ceulle qui a des travaux pou mette l' téléphone. L's ouverriers i l'aveottent d'jà ouvère pou l' gaz, mais i-eont orcomminché jusse à côté pou l' téléphone. Faire et défaire, ch'est toudis ouvrer.

M' moneonque, tertous i l'appelle Milot, mais ch'est s' neom rétreint. S' vrai néom, ch'est Émile. Et l' neom de s' bistreot ch' est l' Vénus. I n' d'a qui dis'tent qu'hureus'mint qu' les buveus i-eont des bras. J' n'ai pos compris pourquoi qu' cha les f'seot rire. Les gins qu'i-eont trop bu ch'est souvint ainsin, i ri'tent pou rien, alfeos tout seus, comme des nonoches.

Cha n'a rien à vir avé note affaire ?

Pétête, mais ch'est pou vous espliquer quoi ç' que j' faiseos là à ç't heure-là.

I éteot treos heures au matin et j' vouleos rintrer à m' maseon. Bin ouais, m' feimme n'aime pos que j' rinte tard. I s' carmousse tant qu' je n' sus pos de r'tour.

El' temps i-éteot caoulate et j' n'aveos pos pris m'n imperméape vu qu'à l' météo is aveottent dit qu'i n'alleot pos pwère. Mais j' pinse que vous l' savez, M'sieu l' juche, à l' météo, ch'est tout des gonfleus. Ej' trouve qu'on devreot les mette ichi au tribunal pou leus mintiries.

Au fait, au fait ?

Au départ, je n' vouleos pos faire fête. Mais beon, vous savez commint qu' cha va. On rinqueonte d's amisses et berdaf, l'imbuscate. J'ai de l' volonté,

quand je bois de l'eau, je suis comme le pastis, ça me trouble. Et je ne peux pas toujours dire non, sinon je vais passer pour un rabat-joie.

Mais je fais attention parce que mon docteur m'a dit que, si je buvais trop, je pourrais attraper une double fracture du foie.

Vous savez, j'ai vu comment Baptiste, le fils de la ferme de celui qui louche, n'a pas su se faire des amis parce qu'il ne voulait jamais boire un verre avec nous. Vous ne voyez pas ? La ferme de celui qui louche. On l'appelle ainsi parce que le fermier a un œil qui regarde le beffroi et l'autre…

Ah bon ! Ça ne vous regarde pas ? Moi, je disais cela pour que vous vous y retrouviez.

Ne nous égarons pas ?

Non, non, je n'étais pas perdu, je savais où j'étais. Chez mon oncle Milot qui tient le cabaret le Vénus…

Pourquoi je n'ai pas voulu suivre l'agent ?

Mais il faut comprendre. Je ne le connais pas cet homme. Il me dit : « Suivez-moi ». Je lui ai répondu qu'il valait mieux être seul que mal accompagné. Je ne suis pas en ménage avec lui. Peut-être êtes-vous marié, Monsieur le juge ? Que vous avez eu la chance d'être divorcé ? Non ? Dommage pour vous. L'autre, là, il est monté sur ses grands chevaux. Il voulait appeler des renforts. Vous avez vu comment je suis bâti : un tas d'os, sec comme un hareng saur. Je flotte dans mes vêtements. Si le vent est fort, je m'envole. Et lui, c'est un double mètre. Il est gros comme un cochon.

Je manque de respect ?

Mais lui, l'agent, j'ai senti qu'il me méprisait. Il m'a traité d'apocalyptique. Je ne savais pas ce que ça voulait dire, j'ai donc demandé à mon oncle qui tient le cabaret le Vénus de Milot, au carrefour de la Grand place…

Je l'ai déjà dit ? Ah ! Mon oncle a fait des études et il m'a dit qu'apocalyptique était un mot…

Quoi ? Que ma mobylette n'avait pas un pot catalytique ?

Il faudra que je demande à mon oncle ce que ça veut dire.

savez, mais quançque j' beos d' l'ieau, j'sus comme l' pastis, cha m' trouble. Et je n' peux pos toudis dire neon. Ou bin, j' vas passer pou ein drôle.

Mais j' fais attintieon pasque m' docteur i m'a dit qu' si j' beos d' trop, j' pourreos avoir eine double fracture du foie.

Savez, j'ai vu commint qu' Batisse, l' fils de l' cinse du berlou, i n'a pos ein comarate pasqu'i n' voleot jamais s'arrêter pou in boire eine avé nous eautes. Vous n' veyez pos ? Él cinse du berlou. On l'appelle ainsin pasque l' cinsier i-a ein ouél qui orwette l' bieffreo et l'eaut'...

Ah beon, cha n' vous orwette pos ? Mi, j' diseos cha pou qu' vous vous y ortrouvez.

Ne nous égareons pos ?

Neon, neon, j' n'éteos pos perdu, j' saveos dusque j'éteos. Chez m' moneonque Milot qui tint l' cabaret l' Vénus...

Pourquoi j' n'ai pos volu suif' l'agint ?

Mais i feaut comprinte. J' ne l' conneos pos ç' l'homme-là. I m' dit « Suivez-moi ». J' li ai répondu qu'i valeot mieux ête tout seu qu' mal accompagné. Je n' sus pos in ménache avé li. Pétête qu' vous êtes marié, M'sieu l' juche ? Qu' vous avez eu l' sanche d'ête divorcé ? Neon ? Dammache pou vous. L'eaute, là, i-a meonté su ses grands qu'vieaux, i voleot app'ler des rinforts. Vous avez vu commint que j' sus bâti : ein tas d'ossieaux, ein sec sauret. Je n' tins pos dins mes loques. I fait du grand vint, j' m'invole. Et li, ch't ein double mète, i est cras comme ein pourcheau.

Ej manque d' respect ?

Tins, li, l'agint, j'ai sinti qu'i m' déméprisseot. I m'a traité d'apocalyptique. Je n' saveos pos quoi qu' cha vouleot dire, adeon j'ai d'mandé à m' moneonque, qui tint l' cabaret l' Vénus de Milot, au carrefour de l' grand plache... J' l'ai d'jà dit ? Ah beon. M' moneonque i a fait d's étutes et i m'a dit qu'apocalyptique ch'éteot ein meot...

Quoi ? Que m' mobylette n'aveot pos ein pot catalyptique ?

Faudra que j' demande à m' moneonque ç' que cha veut dire.

Ah ! Qu'elle faisait trop de bruit ? C'est vrai qu'elle fait beaucoup de pétarades, mais je ne faisais que passer. C'est la mobylette de la femme de mon oncle. Elle n'est plus fort jeune. Je parle de la mobylette, pas de sa femme, même si c'est vrai qu'elle a déjà beaucoup de kilomètres au compteur. Sa femme, pas la mobylette. Bon, la mobylette n'en a pas beaucoup vu qu'elle, la femme de mon oncle, a peur de tomber. Elle ne monte donc pas souvent dessus. Sur la mobylette, pas sur mon oncle. Hé bé ! C'est une petite grosse femme, une vache de Hollande. Mon oncle serait écrasé.

On n'est pas ici pour parler de la femme de mon oncle. On est là parce que je faisais du tapage nocturne.

Je n'ai pas fini de vous expliquer mon affaire. Quand j'ai voulu rentrer chez moi, c'est ça, à trois heures du matin, il a commencé à pleuvoir. Je n'avais pas mon imperméable, à cause de…, c'est ça, les bricoleurs de la météo. Je me suis sauvé chez mon oncle, qui tient le cabaret près de la Gr… C'est ça. J'étais tout mouillé et je tremblais. Pour me réchauffer, il m'a donné un petit verre. Mais j'avais vraiment fort froid. Il m'a donné un remontant, puis un autre. Plus j'en prenais, plus je descendais sur ma chaise. Je ne comprends pas pourquoi on appelle ça un remontant. J'ai fini par me retrouver endormi par terre. Je faisais partie des oubliés du bon Dieu. Je me suis éveillé à sept heures moins le quart. C'est vrai qu'à force d'être tard, il finit par être tôt. Au moment où j'ai retrouvé mes esprits, j'ai pensé que ma femme devait se faire de la bile. Mon oncle m'a dit de prendre la mobylette de sa femme vu qu'elle ne s'en sert jamais parce qu'elle a peur de tomber.

Je me répète ?

Oui, mais c'est parce que je vois que vous ne faites pas fort attention à ce que je dis. Donc, le temps de prendre un café avec une goutte, je suis sorti et j'ai mis la mobylette en route. J'ai eu des difficultés vu qu'elle n'avait pas tourné depuis longtemps parce que la femme de mon oncle…

Oui, c'est vrai. Je le reconnais. Je l'ai déjà dit.

J'avais à peine réussi que cet agent m'a attrapé par le cou en disant que je faisais du tapage nocturne. J'ai demandé à mon oncle qui m'a expliqué que ça voulait dire que j'avais fait du bruit pendant la nuit. Alors, là, laissez-moi rire, Monsieur le juge. Au mois d'août, il fait clair à six heures du matin. Alors, son tapage nocturne, il peut se le mettre où je pense. Il était passé sept heures depuis un quart d'heure.

Ah ! qu'elle faiseot trop d' bruit ? Ch'est vrai qu'elle fait bramint d' douque douque, mais beon, je n' faiseos qu' passer. Ch'est l' mobylette de l' feimme à m' moneonque. Elle n'est pus tout jeone. Ej parle de l' mobylette, pos de s' feimme, même si, ch'est vrai qu'elle a d'jà bramint d' kilomètes au queompteur. L' feimme, pos l' mobylette. Ouais beon, l' mobylette n' d'a pos bramint vu qu'elle, él feimme à m' moneonque, elle a toudis peur de caire, adeon elle ne meonte pos souvint d'ssus. Su l' mobylette, pos su m' moneonque. Hé bé ! Ch'est eine bourbotte, eine vaque d'Hollante. M' moneonque i s'réot épouti.

Qu'on n'est pos ichi pou parler de l' feimme à m' moneonque. Qu'on est là pasque j' faiseos du tapache nocturne.

J' n'ai pos fini d' vous espliquer m'n affaire. Quand j'ai volu rinter à m' maseon, ch'est cha, à treos heures au matin, i a qu'minché à pwère. J' n'aveos pos m'n imperméape, à causse de..., ouais, l's abistoqueus de l' météo. J' m'ai inqueuru chez m' moneonque qui tint cabaret, près de l' Gr... ch'est cha. J'éteos tout cru et j'aveos l' trannette. Pou m' réqueauffer, i m'a donné eine pétite chinotte. Mais j'aveos vraimint fort freod. I m'a donné ein ormeontant, puis ein eaute. Puque j'in preneos, puque j' déquindeos su m' cayère. Je n' comprins pos pourquoi qu'on appelle cha ein ormeontant. In tout cas, je m' sus ortrouvé indormi à terre. J' faiseos partie des obliés du beon Dieu. J' m'ai dérinvié au quart de siept heures. Ch'est vrai qu'à forche d'ête tard, i finit pa ête timpe. Au momint qu' j'ai ortrouvé m' beon sins, j'ai pinsé que m' feimme d'veot s' faire de l' bile. M' moneonque i m'a dit d' printe l' mobylette de s' feimme vu qu'elle ne s'in sert jamais pasqu'elle a peur de caire.

Je m' répète ?

Ouais, mais ch'est pasque j' veos qu' vous n' faisez pos fort attintieon à ç' que j' dis. Adeon, él temps d' printe eine pétite bistoule, j'ai sorti et j'ai mis l' mobylette in route. J'ai eu des ruses vu qu'elle n'aveot pos tourné d'puis lommint pasque l' feimme à m' moneonque...

Ouais, ch'est vrai, j' l'orconneos, j' l'ai d'jà dit.

J'aveos à peine réussi que ç't agint i m'a attrapé pau cou in disant que j' faiseos du tapache nocturne. J'ai d'mandé à m' moneonque qui m'a espliqué qu' cha vouleot dire que j'aveos fait du bruit pindant l' nuit. Alors là, laichez-me rire, M'sieur l' juche. Au meos d'ahoût, i fait clair à six heures au matin. Alors, s' tapache nocturne i peut se l' mette dusque j' pinse. I éteot passé siept heures d'puis ein quart d'heure.

Quoi, l'agent dit qu'il était sept heures moins deux ?

Il a acheté sa montre chez le brocanteur ou quoi ? Il n'avait qu'à regarder l'horloge du bistrot. Oui, c'est vrai que mon oncle l'avance un peu pour que ses clients ne ratent pas leur train.

Un quart d'heure, il ne faut pas exagérer. Quinze minutes, je veux bien, mais pas plus. D'ailleurs, votre agent veut être plus royaliste que le pape. Je me demande s'il a l'éclairage à tous les étages, s'il a toutes ses frites dans le même paquet, comme on dit chez nous. Je l'ai regardé dans les yeux. J'avais le vertige devant tant de vide. Quand tu regardes au fond d'un trou, tu finis par croire que c'est le trou qui te regarde. Eh bien, c'est la même chose avec ce trou du cul.

Je manque encore de respect ? Et lui, il a prêté serment, il est comment ? Assermenté. Je ne sais pas s'il est assez remonté, mais sa montre ne l'était pas. Pour vous montrer qu'il exagère, il a même dit que j'avais trop bu. Je ne l'ai plus écouté. Il criait, mais je me suis dit : « Ça lui passera avant que ça lui reprenne. » Rien à faire, il a la tête plus dure qu'un pavé de Paris-Roubaix.

Ça suffit ainsi ? Je vous perturbe ? Vous en avez assez entendu ? Ah ! Je suis un fameux casse-pied ! Je dois partir ?

Bien, alors, au revoir, Monsieur le juge.

Ah ! Vous ne voulez plus me revoir ?

Bon, bien, alors, je m'en vais.

Et me voilà ici dehors. Allez savoir pourquoi ils m'ont jeté à la porte.

Mais avec tout ça, dans cette affaire, on ne saura jamais précisément quelle heure il était.

Quoi, l'agint i dit qu'i-éteot siept heures moins deux ?

I a acaté s' meontre chez l' vieuwarier ou bin quoi ? I n'aveot foque à r'wettier l'horloche du cabaret. Ouais, ch'est vrai que m' moneonque i l'avinche ein p'tit queop pou qu' ses clients i n' rat'ent pos leu train.

Ein quart d'heure ? I n' feaut pos abuser. Quinsse minutes, j' veux bin, mais pos puque. D'ailleurs, vot' agint, i veut ête pus royalisse que l' pape. Je m' demande si i-a l'éclairache à tous les étaches, si i-a tous ses frites dins l' même paquet, comme on dit chez nous eautes. J' l'ai r'wettié dins ses is. J'aveos l' vertige d'vant tant d' vide. Quand t'orwettes au feond d'ein treo, te finis pa croire qu' ch'est l' treo qui t'orwette. Et bin ch'est l' même avé ç' treo du cul.

Ej manque acore d' respect ? Et li, i-a prêté sermint, i-est commint ? Assermeonté. Je n' sais pos si i-est assez r'meonté, mais s' meontre elle ne l'éteot pos. Pou vous moutrer qu'i-arrache l' sa, i-a même dit qu' j'aveos trop bu. Je n' l'ai pus acouté. I berleot, mais je m' sus dit : « Cha li passera avant qu' cha l'orprenne. » Mais rien à faire, i-a l' tiête pus durte qu'ein pavé d' Paris Roubaix.

Cha suffit ainsin ? J' vous imbrouille ? Vous d'avez assez intindu ? Ah ! J' sus t'ein sapré soyeux. J'deos partir ?

Bin alors, à r'voir, M'sieu l' juche.

Ah ! Vous n' volez pus m'orvoir ?

Beon, bin, adeon, j' m'in vas.

Et m'ovlà ichi déhors. Va-t'in savoir pourquoi i m'eont rué à l'huche.

Mais, avé tout cha, dins ç't affaire, on n' sara jamais au jusse queul' heure qu'i éteot.

Une sale affaire dans les jardins ouvriers

Polar de Jean-Paul Champion

Ce n'était pas Tchot Mond qu'emmenaient les gendarmes, pas le Tchot Mond que je connaissais, comme si ce qui était arrivé l'avait complètement dérangé, complètement assommé. Tchot Mond que je voyais pourtant depuis des lustres, Tchot Mond qu'on pouvait rencontrer tous les jours dans le village, surtout dans son jardin, Tchot Mond bavard, Tchot Mond plaisantin, tout à coup il avait été changé. Comme la baguette magique dans les contes pour enfants transforme une souris en cheval, ce qui s'était passé ce jour-là dans les jardins avait transformé notre Tchot Mond en zombie, oui ! C'était un pantin, un chiffon, une marionnette que les gendarmes poussaient dans leur voiture en même temps que l'autre vaurien partait en criant vers l'hôpital. C'était bien triste de voir Tchot Mond comme ça, mais une histoire pareille n'aurait jamais pu s'arranger. J'étais sûr que ça allait mal finir, mais à ce point-là, non alors ! Elle durait depuis deux ans leur guéguerre : Tchot Mond et La Ficelle (c'est le petit-fils de père Eurtebise, Maurice, qu'on appelle encore Momo ; mais tous les gens du village disent La Ficelle tellement il est maigre et mal bâti). Comment avait-elle commencé, hein ? Et bien, je ne m'en suis pas souvenu tout de suite, mais j'ai quand même retrouvé : c'est quand Lolotte est décédée ! Elle a laissé son mari, le père Eurtebise, tout seul et il a commencé à perdre la tête. Et voilà ! Tout s'est enchainé comme dans un film à la télévision. Je vais remettre tout ça en place pour que vous puissiez comprendre toute l'histoire…

***

Tchot Mond, c'était un fin jardinier ; il aimait tellement ça, entretenir sa terre, qu'il y passait plus de temps qu'à sa maison ! C'est bien simple, son jardin c'était sa maison ; il disait souvent à Léa, son épouse :

« *Toi, tu t'occupes de la maison, moi, je m'occupe de notre jardin.* »

Le matin, le soir, il y passait quelques heures tous les jours, par amour, je vous le dis. Il fallait vraiment qu'il pleuve très fort pour qu'il n'y aille pas et

In.ne sale affoaire dins chés gardins ouvériers

Polar ed Jean-Paul Champion

Cha n'étoait point Tchot Mond qu'is inmnoai'tt chés cadoreus, point ch'Tchot Mond qué j'con.naissoais , conme si ch'qui s'étoait passé cha l'avoait coplètemint déringé, coplètemint étombi. Tchot Mond qué j'voéyoais portant dpus Jésuchrichpère, Tchot Mond qu'o povoait rincontrer tous les jors dins ch'poéyis, seurtoute dins sin gardin, Tchot Mond berdleu, Tchot Mond bladgeu, d'un seul coeup il avoait té cangé. Conme él badgette magique dins chés contes por éfants al cange in.ne soéris in gvau, ch'qui s'étoait passé ch'jor-lò dins chés gardins ch'avoait cangé nou Tchot Mond in zombi, ouais ! Ch'étoait in cabotin, in.ne loque, in.ne marionnette équ chés cadoreus is infitchoai'tté dins leu voéture in minme temps qu'l'eute ferlapier i partoait in braillant à l'hopital. Ch'étoait bié trisse éd vir Tchot Mond conme cho, mais in.ne pérelle histoère a n'éroait janmoais pu s'arringer. Jé nn'étoais seûr équ ch'alloait finir in ieu d'boudin, mais à ch'point-lò, nan alorse ! Cha duroait dpus deus énées leu djédjerre : Tchot Mond pis L'Fichelle (ch'est ch'tchot fiu à père Eurtebise, Maurice qu'o délonme coère Momo, mais tous chés gins dé ch'poéyis is di'tté « L'Fichelle » telmint qu'il est maigue pis mal foutu). Cmint qu'al avoait cminché, hein ? Bé j'ai nn'ai point ieu l'souvnanche d'in seul coeup ; mais j'ai quand minme ertreuvé : ch'est quand qu'Lolotte al o cassé s'pipe ! Al o laissié sn honme, père Urtebise, tout seu : i s'o mis à perde és tête. Et pis vlo ! Tout il o sui conme dins in flim à l'tévision. J'm'in vos rmette tout cho in plache por qu'os puchèches coprinde tout ll'histoère…

***

Tchot Mond ch'étoait in fin gardinier. I l'ainmoait telmint cho intertnir és terre, qu'il y passoait puss éd temps qu'à s'moaison don ! Ch'est bié simpe, sin gardin ch'étoait s'moaison ; i disoait souvint à Léa, sin blanc-bon.net :

« Ti, tu t'otchupes éd nou moaison, mi j'm'otchupe éd nou gardin. »

Au matin, au soér, i passoait in.ne cope d'heures dins chl'indroet-lò, tous les jors, per amour éj vous l'dis. I falloait vraimint qu'i tchaiche des cordes

encore ! Il en profitait pour ranger son chalet de jardin, nettoyer ses outils ou encore réparer une caisse. Tout ça pour dire que le jardin de Tchot Mond était très beau, beau à faire envie à plus d'un voisin. De la terre bien noire, sans même un caillou dedans, sans la moindre herbe folle ; des rangées de haricots, de poireaux, bien droites, bien soignées, dans les allées, il n'y avait rien qui trainait, rien qui dépassait. Il n'aurait pas fallu qu'un camarade entre dans son jardin et dérange quelque chose ! Ohlalalala ! Tchot Mond en aurait fait une maladie ! Salir son jardin, c'était pire que de lui donner des coups de balai sur le dos, ça lui faisait plus de mal. De ce fait, tout le monde restait dans le chemin qui bordurait les jardins pour lui parler à Tchot Mond. On savait qu'il était comme ça : son jardin c'était la prunelle de ses yeux.

Seulement… il y avait un hic ! Juste après le sien venait celui du père Eurtebise. Quand sa femme Lolotte est morte, il a commencé à radoter. Il passait tout son temps à errer dans les rues de notre village sur son vieux vélo. Il n'allait quasiment plus dans son jardin, alors forcément, les saletés ont vite fait de tout envahir. Tchot Mond était obligé de biner, couper, enlever sans arrêt ce qui pénétrait sur son terrain. Ça l'énervait de plus en plus ; il a fini par ne plus pouvoir le supporter. Comme il était le Président des jardiniers, il a discuté avec l'un l'autre, surtout avec ceux qui avaient leur jardin à côté ou pas loin de celui de père Eurtebise. Naturellement ils disaient comme lui :

« Ça ne peut pas durer ! Si le père Eurtebise ne fait plus son jardin, il n'a qu'à le rendre ! Il y a des gens qui n'attendent que ça !

-Il faut faire quelque chose ; c'est toi le mieux placé pour parler au maire. »

Un peu rassuré et pensant que son jardin allait retrouver sa tranquillité, il a fait ce qui avait été dit : il a rencontré le maire et voilà ce qui en a découlé :

« Le Père Eurtebise a payé pour toute l'année ; il a le droit de garder le jardin. Seulement, nous allons lui demander de le nettoyer comme il faut. »

Le lendemain, le surlendemain et tous les jours d'après, rien n'a changé.

por qu'i n'y voéche point et pis coère ! I n'in profitoait por ringer s'cabin.ne éd gardin, nétyer ses outieus o bié coère ortaper in.ne cayelle. Tout cho por dire équ sin gardin à Tchot Mond il étoait fin bieu, bieu à foaire bistcher pus d'in voésin. Dé l'terre bié noérte, point in cailleu ndins, point in plé d'herbe, des ringées d'héricotes, ed poérions bié droétes, bié soégnées, dins chés allées n'y avoait rin qu'i trainoait, errin qu'i dépassoait. I n'erroait point fallu qu'in camérate i rinte dins sin gardin pis qu'i déringe tchéque cose don ! Ohlalalala ! Tchot Mond i nn'érroait foait in.ne maladie ! Gadrouiller sin gardin, ch'étoait puss pire qué d'li donner des coeups d'ramon su sin dos, cha li foaisoait puss éd mau. A foait qu'tout l'mon.ne i restoait dins chl'écmin qu'i borduroait chés gardins por li perler à Tchot Mond. O savoait qu'il étoait conme cho : sin gardin ch'étoait l'prunelle ed ses zius à cht'honme-lo.

Seulmint... N-y avoait in hic ! Jusse après l'sien.ne, vnoait chti à Père Urtebise. Quand qu'és fenme, Lolotte al o défuncté, i s'a mis à dégalocher dins s'cawète ; i passoait tout sin temps à reudailler dins chés rues d'nou poéyis su sin viu vélo. I n'évnoait quasimint pus dins sin gardin, alorse forchémint, chés salopries is ont vite foait d'tout impruvigner. Tchot Mond il étoait obigé d'biner, coeuper, inlver sins décessier ch'qui rintroait su sin terrain. Cha l'éfsoait dintier tanq et puss ; il o fini per énn pus povoér ll'incorcher. Conme ch'étoait li ch'Pérsidint d'chés gardineus, il o distchuté avu l'in.ne l'eute, seurtoute avu cheus-lò qui avoai'tt leu gardin côte-côte o bié point loin dé chti à père Urtebise. Naturelmint is disoai'tté conme li :

« Cha n'put point durer ! Si père Urtebise i n'foait pus sin gardin i n'o qu'à l'rinde ! N-y o des gins qui n'attind'tté qu'cho don !

- I feut foaire tchéque cose ; ch'est ti l'miu plaché por perler à ch'maire. »

In molé rasseuré et pis pinsant qu'sin gardin il alloait rtreuver s'trantchilité, il o foait ch'qu'avoait té dit : il o rincontré ch'maire pis vlo ch'qui nn'o té :

« Père Urtebise il o poéyé por tout ll'énée ; il o l'droét d'warder ch'gardin. Seulmint, os allons li nmander dé l'néttyer conme i feut. »

Ch'lin.nmain, él surlin.nmain pis tous chés jors d'après, rien i n'o cangé.

« Je ne vois pas pourquoi je continuerais à être empoisonné par le jardin que mon voisin ne veut plus entretenir ! »

Voilà ce que marmonnait Tchot Mond en allant voir le père Eurtebise chez lui. Il lui a expliqué qu'il se faisait du souci pour son jardin mais le pauvre homme, qui n'était plus capable de rien, lui parlait de sa femme. À l'entendre on aurait pu penser qu'elle était encore là à lui cuisiner des petits plats, à le gronder, l'injurier quand il salissait ses carrelages en rentrant avec ses bottes couvertes de boue. D'un bond il se levait, enfourchait son vélo et entreprenait des tours du village à n'en plus finir. Pauvre malheureux ! Il n'avait plus beaucoup de forces du fait qu'il ne mangeait guère plus qu'un moineau. Alors il pédalait doucement, tellement doucement qu'il n'avançait pas plus vite qu'un escargot. Il n'aurait pas fallu un grand coup de vent pour le faire tomber et se blesser ou pire encore… Pauvre grand-père !

Tchot Mond a bien compris qu'il ne fallait plus rien attendre de cet homme-là. Le Père Eurtebise avait perdu la tête ; ses pensées étaient emmêlées. Il était rentré chez lui en tremblant encore plus pour son jardin.

***

Cela faisait trois mois que Lolotte était morte quand son petit-fils, Momo, est revenu par ici. Il avait environ vingt-cinq ans mais toujours pas d'emploi. Il faut dire qu'il ne cherchait pas non plus ! Fainéant comme une couleuvre, il passait son temps à boire, seul ou avec une bande de vauriens de son espèce. Sa mère avait bien essayé de l'éduquer quand son mari était parti ; mais elle avait vite abandonné et Momo avait pris la mauvaise voie. Il a suivi des pires que lui, des bons à rien. Des semaines entières sans rencontrer La Ficelle, Momo si vous préférez, et un beau jour on l'apercevait qui errait dans le village. On ne pouvait pas se tromper ! Avec son allure de corbeau estropié, ses jambes arquées et ses bras qui brassaient de l'air, ses vêtement crasseux, son visage cabossé et pas rasé, tout le monde avait vite fait de le reconnaître ! Depuis que sa grand-mère Lolotte était au cimetière, il revenait assez souvent faire un petit séjour chez son grand-père. Forcément ! Il avait un toit et à manger sans payer. Parfois il profitait du fait que le Père Eurtebise n'ait plus sa tête pour lui prendre le peu d'argent qu'il avait, en le bousculant même, quand il

« Jé n'voés point porquoé qué j'continuroais à ête impoéson.né per éch gardin qu'min voésin i n'vut pus intertnir ! »

Vlo ch'qu'i romion.noait dins ses dints Tchot Mond, in allant vir Père Urtebise à s'moaison. I li o asplitché qu'i s' foaisoait du tintouin por sin gardin mais ch'peuve honme qui n'étoait mie pus capabe d'érin, i li perloait dé s'fenme. A ll'intinde, o n-éroait pu pinser qu'al étoait coère lò à li tchuisiner des tchots plots, à ll'atuire, à ll'agonir à coeuse qu'i salopoait ses pavés in rintrant avu ses bottes plein.nes éd beue. D'in ébondi i s'alvoait, il agvaloait sin vélo pis il inroéyoait des tors à n'in pus finir dins tout ch'poéyis. Peuve malhéreus ! I n'avoait pus gramint d'forches vu qu'i n'mingeoait point puss qu'in moénieu. Alorse i pédaloait duchemint, telmint qu'i n'avinchoait point pus vite qu'in calimichon. I n'érroait point fallu in grand coeup d'vint por él foaire tchair pis s'affoler o bié pire… Peuve pépère !

Tchot Mond il o bié vu qu'i n'falloait pus rin attin.ne dé cht'honme-lo. Père Urtebise il avoait perdu s'tête ; ses boéyeus d'chervelle is s'avoai'tté touillés. Il o rintré à s'moaison in tren.nant coère édpuss por sin gardin.

***

N-y avoait troés quate moés qu'Lolotte al avoait passé quanq sin tchot fiu, Momo, il o révnu per ichi. Il avoait tchéque cose conme vin.n-chinq ans mais point coère d'imploé. Feut dire qu'i n'trachoait point nan pus ! Fégnant conme in.ne couleufe, i passoait sin temps à lapron.ner, tout seu o bié coère avuc in.ne binde éd ferlapiers conme li. S'mère al avoait bié cminché à l'drécher quanq ésn honme il o perti ; mais al o vite boéssié ses bros pis ch'Momo il o perti d'berlong, il o sui des pire équ li qui n'valoai'tt point grand cose. Des smain.nes intières sins rincontrer L'Fichelle, Momo si os ainmez miu, pis, in bieu jor, os ll'aperchuvoèmes qui reudailloait dins ch'poéyis. O n'povoait point s'berlurer ! Avu sn allure éd cornaille affolée, ses gambes artchées pis ses bros qui findoai'tté l'air, ses démétures crapées, s'brongne estchintée pis point rasée, tous chés braves gins is avoai'tt vite foait dé ll'érpérer ! Edpus qué s'tayon.ne Lolotte al étoait dins ch'camp d'soèle, i révnoait coère assez souvint foaire in.ne tchotte période mon sin grand-père. Forchémint ! Il avoait in toét pis à minger sins poéyer. À mzure, il in profitoait qu'Père Urtebise i fuche azimuté por li prinde ses quate sous, in l'boustchulant minme si qu'i n'voloait

ne voulait pas le donner. À chaque fois c'était pareil ; cela se passait comme il faut durant quelques jours, puis La Ficelle se mettait à boire, à boire de plus en plus. Il avait besoin d'argent pour acheter ce qu'il lui fallait alors ça se mettait à chauffer entre eux deux. Momo finissait par cuver son vin dans la cabane au fond du jardin de son grand-père. Seulement… pour se rendre là-bas, il fallait traverser quelques pièces de terre étant donné que son jardin était le dernier, juste après celui de Tchot Mond. Vous savez ce qu'est une allée de jardin ; ce n'est pas une autoroute bien sûr ! Notre Momo avait beau chercher à suivre le milieu du chemin, saoul comme il était, il déviait souvent à gauche ou à droite ! Et il s'étalait, se trainait, se relevait, retombait dans le jardin de Tchot Mond. Il abîmait les beaux légumes avant de rentrer dans le cabanon où il s'endormait quelques heures sur des sacs de pommes de terre, ou bien dans la brouette qui lui tendait les bras...

Le lendemain, quand il voyait le désastre, les bords de son jardin défoncés, les tomates, les haricots, les poireaux écrasés, notre Tchot Mond ne décolérait pas ! Ça le retournait ; il en était malade. Ce jour-là il ne mangeait rien du tout.

Comme disait sa femme :

« Il n'y avait rien qui pouvait passer dans son gosier. Il vomissait tout ce qu'il avalait. »

Sa colère fermait tout ; il ne tenait pas en place. Il avait besoin de dire à l'un l'autre, de raconter ses malheurs aux jardiniers qu'il rencontrait. Ensemble, ils se remontaient contre Momo, car ils ont eu vite fait de savoir que c'était lui le coupable. Il faut dire que le pauvre garçon, dans l'état où il était en venant au cabanon de jardin, n'était pas capable de cacher ses traces de pas !

« Si jamais je le rencontre, je lui donne sa raclée, une raclée qu'il ne sera pas prêt d'oublier ! » finissait par hurler Tchot Mond.

« C'est honteux de voir ça ! Et personne pour l'empêcher ! » claironnait-il, rouge comme une pivoine et méchant comme une teigne.

point szés don.ner. À chaque coeup ch'étoait pérel ; cha s'passoait conme i feut in.ne cope éd jors pis « L'Fichelle » i s'mettoait à chucher, à bibron.ner d'pus in puss. Il avoait dzoin d'ergint por acater ch'qu'i li falloait alorse, cha s'mettoait à coeuffer inter leu deus. Momo i finissoait per aller tchuver dins l'cabin.ne au fond dé ch'gardin à sin tayon. Seulmint… por és rinde la-bos, i falloait trécoeuper tchéques pièches éd terre vu qué l'sien.ne éd gardin ch'étoait ch'darin, jusse après chti à Tchot Mond. Os savez ch'que ch'est qu'in.ne allée ; cha n'est point in.ne coeuchie à carettes bié seûr ! Adon, nou Momo il avoait bieu tracher à suire él mitan d'chu cmin, aviné conme il étoait, i pertoait souvint à gueuche ou à droète ! Et pis i s'étaloait, i s'trainoait, i s'rélvoait, i rtchaisoait dins ch'gardin à Tchot Mond. Il estchintoait chés bieus lédjumes edvant rintrer dins ch'cabanon ouèche qu'i s'indeurmoait in.ne cope d'heures su des sacs à pométères, o bié coère dins l'bérouette qu'a li tindoait les bros…

Éch lin.nmain, quand qu'i voéyoait ch'désaste, chés bords éd sin gardin estchintés, chés tonmates, chés héricotes, chés poérions berzillés, nou Tchot Mond i n'dérageoait point ! Cha l'értornoait ; i nn'étoait malate. Éch jor-lò, i n'mingeoait rin du toute.

Conme a disoait sin blanc-bonnet :

« I n'y avoait rien qui povoait passer per sin gaviou. I rinvoéyoait tout ch'qu'il invaloait. »

És colère al fremoait toute ; i n'étnoait point in plache. Il avoait dzoin d'dire à l'in.ne l'eute, éd conter ses déboirs à chés gardiniers qu'i rincontroait. Insen.ne is s'ermontoai'tt conte éch Momo vu qu'is ont vite foait d'savoér équ ch'étoait li ch'coupabe. Feut dire qué ch'peuve garchon, dins l'état qu'il étoait in vnant dins l'cabin.ne éd gardin à sin tayon, i n'étoait mie capabe éd camucher ses traches éd pos don !

« Si janmoais jé l'rinconte, j'y fous s'trimpe ! In.ne raclée qu'i n'sro point prêt d'oblier » ! qu'i finissoait per dgeuler Tchot Mond.

« Ch'est hontabe éd vir cho ! Pis parson.ne por ll'impétcher ! » qu'i clairon.noait, rouche conme in.ne pion.ne, pis mawais conme in.ne tingne.

Naturellement les jardiniers se rangeaient derrière lui et finissaient par se mettre d'accord :

« C'est à toi, le Président, de faire quelque chose ; c'est à toi de nous défendre. Arrange-toi pour que Momo ne vienne plus dans les jardins. »

Tchot Mond a fait son devoir et est allé voir le garde-champêtre pour tout lui dire sur cette affaire et se plaindre :

« Il faut lui reprendre son jardin à Momo ; on ne peut plus le supporter. Il ne vient jamais pour jardiner. Il arrive la nuit dans la cabane quand il ne sait plus où aller tellement il est ivre ! Nous n'en voulons plus de cet alcoolique ! Ou bien il écrase nos légumes parce qu'il ne tient plus debout, ou bien il les prend comme s'ils étaient à lui pour les vendre et acheter de quoi boire. »

Une fois qu'il ait eu vidé son sac, voici ce que l'autre lui a répliqué :

« Comment veux-tu faire payer quelque chose à quelqu'un qui n›a rien. C'est un pauvre bougre qui n'a pas eu de chance. Je vais le rencontrer pour lui faire un peu peur et c'est tout ! Ce serait mieux de vous mettre d'accord, quelques jardiniers ensemble, pour lui parler et chercher à faire bon ménage. »

Tchot Mond est reparti sans répondre au garde-champêtre ; s'il avait commencé , les mots auraient giclé de sa bouche bon sang ! Tout le long du chemin pour rentrer chez lui il bougonnait ; ça bouillonnait dans sa tête !

« C'est vraiment le monde à l'envers : on pardonne tout aux voyous et on ne fait rien pour les honnêtes gens ! »

***

Momo a continué à sa façon ses fredaines et ses beuveries d'ivrogne. Parfois il se faisait embarquer complètement ivre ; du coup on était un moment sans le voir dans le village et un beau jour (ou un mauvais) il recommençait à faire parler de lui. Bien sûr, il ne cessait de crier qu'il était innocent, qu'on l'accusait à la place d'un autre, que tout le monde était contre lui du fait qu'il était un pauvre malheureux…

Naturelmint chés gardiniers alintor is s'ringeoai'tt drière li pis is finichoai'tt per és mette d'accord por dire :

« Ch'est à ti, ch'Persidint, d'foaire tchéque cose, ch'est à ti d'nous définde. Arringe-té por qu'o n'voèche pus Momo dins chés gardins don ! »

Tchot Mond i l'o foait sin dvoér, il o té vir éch warde-mahons por tout li rdire dé ll'affoaire-lò pis s'délaminter :

« I feut li rprinde sin gardin à ch'Momo ; o n'povons pus ll'incorser. I n'vient janmoais por gardiner ; i s'radine per neuit dins la cabin.ne quand qu'i n'sait pus ouèche aller telmint qu'il est torché ! Os n'in volons pus dé ch'buvatier-lò ! O bié il estchinte nos lédjumes à coeuse qu'i n'tient pus dbout, o bié i szés prind conme si ch'étoait à li por észés vinde pis acater d'quoé tututer. »

In.ne foés qu'il o ieu vuidé sin sac, vlo ch'qué l'eute i li o réplitché :

« Cmint vus-tu foaire poéyer tchéque cose à tchéqu'in qui n'o rin. Ch'est in peuve lapide qui n'o point ieu d'canche. J'vos l'rincontrer por li foute in molé les freus, pis ch'est toute ! Cha sroait miu d'vous intinde, in.ne poaire éd gardiniers insen.ne, por li perler pis tracher à foaire boin ménache. »

Tchot Mond i l'est rperti sins réponde à ch'warde ; sil avoait cminché, chés mots is éroai'tté seurti tout seus dé s'bouque, vingt noms ! Tout du long d'sin cmin por révnir à s'moaison i marmon.noait ; cha buzinoait dins s'cawète !

« Ch'est vraimint ch'mon.ne à l'invers : o passe toute à chés voéyous pis o n'foait rin por chés braves gins ! »

***

Momo il o continué à s'meude ses coeups de ferdin.ne pis ses laperies d'ébriaque. À mzure i s'foaisoait ramasser, coplètmint morzife. A foait qu'o n-étoait in meumint sins l'vir dins ch'poéyis pis in bieu jor (o bié in mawais), i récminchoait à foaire perler d'li. Bié seûr, i brailloait à tout bout d'champ qu'il étoait innochint, qu'o ll'atchusoait à l'plache d'in eute, équ tout l'mon.ne il étoait conte li à coeuse équ ch'étoait in peuve malhéreus…

Le manège a duré comme ça quelques mois. Chaque fois que des jardins étaient piétinés la nuit, Tchot Mond, poussé par les autres, allait se plaindre et demander de l'aide.

Au garde-champêtre qui lui répondait :

« C'est un pauvre petit qui n'a jamais eu beaucoup de chance depuis sa naissance. Il ne faut pas lui en vouloir. »

Au maire qui lui expliquait :

« Nous allons dire aux jardiniers d'enlever leurs cabanes pour placer des tout-petits chalets. Il y aura juste assez de place pour rentrer une brouette et trois quatre outils. La ficelle, même si il a la peau du ventre collée à la peau du dos, ne pourra plus coucher dedans. Attends un peu Tchot Mond, et ça va s'arranger. »

Aux gendarmes qui se faisaient prétentieux :

« Les forces de l'ordre ont des affaires bien plus difficiles à régler ! De toute façon, nous ne sommes pas assez nombreux pour faire le tour des jardins, la nuit qui plus est ! »

Tchot Mond était toujours obligé de ravaler sa rancune. Son jardin était envahi, sali, piétiné, mais il fallait laisser tranquille le vaurien qui en était pourtant responsable ! Il se sentait abandonné par tout le monde ; ça le tracassait cette affaire-là, pire encore qu'une maladie ! Léa voyait bien que son mari n'allait pas bien ; mais elle ne savait pas quoi lui dire. Elle craignait que ses dires puissent ammener Tchot Mond à se battre, à donner une correction à Momo. Mais elle ne voulait pas non plus qu'il vienne à penser qu'elle défendait le petit-fils du père Eurtebise contre lui.

***

Et puis il y a trois mois ce fut l'apothéose ! Momo avait touché son argent et, comme d'habitude, une bande de copains s'était rassemblée autour de lui. Des fainéants et des ivrognes naturellement ! Du drap pareil à la doublure comme on dit encore. Alors, trois jours, trois nuits, c'était réglé. Ils restaient à

Éch manèche il o duré conme cho in.ne cope éd moés. À chaque foés qu'des gardins is s'erteuvoai'tt gadrouillés per neuit, Tchot mond, poussé pa szeutes, il alloait s'délaminter pis nmander dl'ayude.

À ch'warde-mahons qu'i li répondoait :

« Ch'est in peuve tchot qu'i n'o point ieu gramint d'canche édpus qu'il est dins l'mon.ne. I n'feut point li in voloér. »

À ch'maire qu'i li esplitchoait :

« Os allons dire à chés gardiniers d'inlver leus cabin.nes por placher des titchots cabanons. I n-y éro jusse assez d'plache por rintrer in.ne bérouette pis troés quate outieus. Él Fichelle, minme s'il o l'pieu dé s'panche collée à l'pieu d'sin dos, i n'pourro pus coutcher ndins. Attinds in molé Tchot Mond, pis cha vo s'arringer . »

À chés cadoreus qu'is foaisoai'tté leus grandiers :

« Chés forches éd l'orde is ont ds affoaires bié pus durtes à s'otchuper don ! N'importe écmint os n'sonmes point assez por foaire él tor ed chés gardins, pis per neuit coère ! »

Tchot Mond il étoait toudis obigé d'rinvaler s'rantchune. Sin gardin il étoait impruvigné, gadrouillé, estchinté; mais i falloait laissier trintchille éch vastépluque qu'i nn'étoait portant ch'responsabe ! I s'sintoait abindon.né per tout l'mon.ne ; cha l'turlupinoait ll'affoaire-lò, pus pire qu'in.ne maladie. Léa al voéyoait bié qué sn'honme i n'alloait point, mais a n'savoait point quoé li dire. Al avoait les freus qu'ses diries is puch'tt amner Tchot Mond à s'batte, foute és timpoingne à Momo. Mais a n'voloait point nan pus qu'i vienche à pinser qu'al défindoait ch'tchot fiu père Urtebise conte li !

***

Pis i n-y o troés moés cho té ll'apothose ! Ch'Momo il avoait touché ses sous pis conme à l'habitude, in.ne flopée d'camérates a s'o rasen.né alintor ed li. Des tchoeurfalis pis des buvatiers naturelmint ! Du drop pérel à l'doublure conme o dit coère. Alorse, troés jors, troés neuits, ch'étoait recta, is restoai'tt aveuc

faire des neuvaines avec La Ficelle. Ils lui faisaient dépenser jusqu'à son dernier sou pour acheter de quoi boire et fumer dans la maison de son grand-père.

Mais là, voilà qu'ils ne pouvaient plus du fait que le Père Eurtebise était mort ! Momo ça ne l'a pas ému plus que ça ! Il n›a rien trouvé de mieux que de faire venir tout le monde dans son hôtel particulier, dans le jardin ! Le soir était tombé depuis un bon moment quand l'équipe a traversé les jardins avec tout ce qu'il fallait pour s'envoyer en l'air et même plus encore ! Il y avait des yeux pour les épier et dire qu'ils avaient vu deux jeunes femmes, pas des reines de Picardie, entrer aussi dans la cabane, sûrement pour faire le ménage.

Le lendemain il y avait des restes partout, des trous, des traces de pas autour de la cabane fermée. Dans le jardin de Tchot Mond, quel chantier ! Des bouteilles vides, des boites déchirées, des salades écrasées, des pommes de terre à l'air… C'est bien simple, on aurait dit qu'un troupeau de cochons s'était vautré dans ce jardin-là ! Autour ce n'était pas beau non plus ; un désastre, un cataclysme ! À mon avis, ils étaient ivre-morts ; ce n'était pas possible autrement….

Il était encore à une cinquantaine de mètres, mais Tchot Mond a vite compris qu'il était arrivé quelque chose. Il s'est mis à courir pour rejoindre les jardiniers qui regardaient le spectacle. Arrivé dans le milieu de son allée, il a su ce qui s'était passé cette nuit. Il a serré les dents à les broyer. Il a serré les mains à les faire saigner. Et les larmes sont sorties de ses yeux pour couler le long de sa figure. Il était habitué à voir son jardin quelque peu abîmé par Momo quand il arrivait ivre au point de tomber, se redresser puis retomber encore avant d'entrer dans sa cabane. Mais là ! Ce n'était pas un ni deux ! À voir tout ce qu'ils avaient détruit, ils étaient une dizaine de jeunes voyous à avoir pris son jardin pour un terrain de jeux.

Quand ils ont eu fini de regarder, les jardiniers ont entouré Tchot Mond. Ils n'ont rien dit pendant un bon moment ; ils voyaient bien que leur Président était très malheureux. Pourtant ça chauffait dans toutes les têtes ; alors il y en a un qui a craqué et les autres ont suivi.

Él Fichelle à foaire des neuvin.nes. Is li foaisoai'tt dépinser dusqu'à s'darin.ne pièche por acater d'quoé boère pis fumatcher dins l'moaison d'sin tayon.

Mais lò, vlo qu'is n' povoai'tté pus vu qu'Père Urtebise il avoait cassié s'pipe ! Ch'Momo cha né ll'o point rtorné puss équ cho don ! Il o rin treuvé d'émiu que d'foaire évnir tout l'mon.ne dins sn'hôtel pertitchuier, dins ch'gardin ! Él soér il étoait tcheu dpus in boin meumint quand qué ll'étchipe al o trécoeupé chés gardins avu tout ch'qu'i falloait por s'invoéyer in l'air et pis minme coère édpuss ! N-y avoait des zius por eszés miler pis dire qu'is avoai'tt vu deus jon.nes fenmes, point des rein.nes éd Picardie, rintrer itou dins l'cabin.ne, seûrmint por foaire éch ménache.

L'lin.nmain y avoait des resses tout per toute, des treus, des traches éd pos alintor dé l'cabin.ne fremée. Dins ch'terrain à Tchot Mond, qué cantier ! Des boutelles vuides, des boêtes défustinées, des salates broéyées, des pométerres à l'air… Ch'est bié simpe, o n-éroait dit qu'in troupieu d'coéchons i s'avoait veutré dins ch'gardin-lò ! Alintors a n'étoait point bieu nan pus ; in désaste, in cataclisse ! À mn'idée, is étoai'tté coplètmint torchés ; a n'est point possibe eutrémint…

Il étoait coère à in.ne chinquantin.ne éd mètes mais il o vite coprind qu'i s'avoait passé tchéque cose. I s'o mis à coérir por erjoinde chés gardiniers qui rbéyoai'tt chl'espectaque. Érrivé dins l'mitan dé sn allée, Tchot Mond il o su ch'qui s'avoait passé dins l'neuit. Il o serré ses dints à szés broéyer. Il o serré ses mans à szés foaire saingner. Pis chés lermes is ont seurti d'ses zius por coler tout du long dé s'fidjure. Il étoait duit à vir sin gardin in molé estchinté per Momo quand qu'il arrivoait seu à n'in tchair, s'ardrécher pis s'trondler coère édvant rintrer dins s'cabin.ne. Mais lò ! Cha n'étoait point in ni deus ! À vir tout ch'qu'is avoai'tt berzillé, is étoai'tt in.ne dizin.ne chés jon.nes voéyous à avoér prind sin gardin por in terrain d'jus.

Quand qu'is ont ieu fini d'raviser, chés gardiniers is ont vnu intorer Tchot Mond. Is ont wardé leus bouques fremées in boin meumint ; is voéyoai'tt bié qu'leu Persidint il étoait fin malhéreus. Portant cha coeuffoait dins leus chervelles à tertous ; alorse y in o in qu'o cratché pis szeutes is ont sui.

« Moi, je ne veux plus attendre ! C'est assez ! S'ils ne font rien, je rends mon jardin ! On ne me verra plus ici !

- C'est vrai Tchot Mond ; si on les laisse faire leurs quatre cents coups, moi j'irai jardiner ailleurs !

- On ne va quand même pas rester les bras croisés ! Nom de Dieu ! On se donne du mal pour entretenir des beaux jardins et voilà qu'on laisserait une bande de vagabonds, de bons à rien, une bande de jeunes fainéants alcooliques tout détruire, hein ?

- Quoi faire maintenant ? Et l'association, comment peut-elle nous aider ? Et toi notre Président, dis quelque chose ; on ne t'entend pas bon sang ! »

Il a passé une main sur son visage et a répondu à ceux qui lui lançaient des questions :

« Je vais faire ce que j'aurais dû et ce depuis belle lurette encore ! Je vais abattre le cabanon de La Ficelle ; comme ça ils iront prendre pension ailleurs, Momo et sa bande de bons à rien ! Non mais.... Ça ne travaille pas, on leur donne quatre sous pour vivre, à peine les ont-ils dans leur poche qu'ils les dépensent à boire, fumer et avaler d'autres saletés qui les rendent à moitié fous ! Pourtant, à entendre le maire, les gendarmes et le garde-champêtre, ce sont des pauvres malheureux ! Il ne faut rien leur dire, rien leur demander. Pendant qu'on y est, on n'a qu'à leur donner le bâton pour nous battre ! Vous allez voir qu'on va passer pour les méchants qui ne peuvent pas souffrir les jeunes ! Ça serait le comble ! »

À peine son discours fini, il est rentré dans sa cabane de jardin et il en est vite ressorti avec la masse qui lui servait pour les piquets de pâture. À grandes enjambées, il a filé dans le jardin du Père Eurtebise :

« Vous allez voir ce que vous allez voir donc ! Pus de cabane, plus de Momo ici!

- Tu as bien raison de le dire Tchot Mond ; il n'y a que ça à faire pour être débarrassé. » disaient tous les autres en suivant leur Président.

Une fois arrivé devant les poteaux qui portaient les tôles et des planches, il n'a pas hésité. Han ! Han ! Il les a détruits à grands coups et en moins de temps

« Mi, jé n'vus pus attinde ! Ch'est assez ! S'is n'foai'tté rien, j'rinds min gardin ! O né m'voéro pus ichi ! »

- Ch'est vrai Tchot Mond ! Si o szés laisse coère foaire leus quate chints coeups, mi j'irai gardiner eute pert don !

- O n'vo quand minme point rester nos bros croésés ! Nom dé dious ! O s'don.ne du mau por intertnir des bieus gardins pis vlo qu'o laissroait in.ne binde ed vastépluques, ed boins à rien, in.ne binde éd jon.nes fégnants pis bibron.neus, tout foute in l'air, hein ?

- Quoé qu'i feut foaire achteure ? Pis ll'achuchon cmint qu'al put nous aidier ? Pis ti, nou Persidint, dis tchéque cose, o n't'intind point vingt noms ! »

Il o passé in.ne main su s'brongne pis l-o rinfitché à cheus-lo qu'is li balonchoai'tt leus tchestions :

« J'm'in vos foaire ch'qué j'érroais dû, édpus belle lurette coère ! J'm'in vos foute in l'air él cabin.ne à L'Fichelle ; conme cho is iront prinde pinsion eute part, Momo pis s'binde éd boins à rin ! Nan mais... Cho n'travaille point, o leu don.ne quate sous por vife ; à pein.ne is sz ont dins leu poque qu'is szés dépins'tt à chucher, fumatcher pis invaler coère d'eutes cochonstés qui szés rin.n'tt à mitan d'braque. Portant, à intinde éch maire, chés cadoreus pis ch'warde-mahons, ch'est des peuves malhéreus ! I n'feut rin leu dire, rin leu nmander. Tanq à foaire, o n'o qu'à leu don.ner ch'ramon por nous batte ! Os allez vir qu'o vo passer por des mawais qu'is n'peu'tté point sintir chés jon.nèches ! Cha sroait ch'combe ! »

À pein.ne sin laïus fini, il o rintré dins s'cahutte pis il o rsorti rondébilis avu s'masse qu'a li sert por chés pitchets d'pâture. À gran.nes emgambées, il o filé dins ch'gardin à Père Urtebise :

« Os allez vir éch qu'os allez vir don ! Pus d'cabin.ne, pus d'Momo ichi !

- T'os bié raison dé ll'erdire Tchot Mond ; i n-y o qu'cho à foaire por ête débarraché » qu'is disoai'tté tous szeutes in suivant leu Pérsidint.

In.ne foés rindu pa dvant chés potieus qu'is portoai'tt des tôles pis des planques, i n'o point térinté. Han ! Han ! I sz o berzillées à grands coeups pis

qu'il en faut pour le dire, le toit s'est écroulé sur tout le reste. Quel bruit nom de nom ! Mais malgré ça , ils ont entendu crier, une voix d'homme. Ça venait de dessous les tôles… Tous les jardiniers l'ont entendue. Il n'y avait que Tchot Mond qui ne s'était rendu compte de rien et qui poursuivait son ouvrage de destructeur. Ensemble, ils ont retenu leur Président :

« Arrête Tchot Mond ! Il y a quelqu'un dessous ! Tu n'entends pas ? »

Vite, vite, ils ont enlevé les morceaux de cabane détruite pour en sortir... Momo ! Momo qui hurlait comme un âne tellement il avait mal à la jambe et au bras. Ils l'ont étendu sur une bâche. Ils ont commencé à le nettoyer, à le cajoler. Baptiste, lui, a couru jusqu'à sa maison pour téléphoner au médecin et aux gendarmes.

Tchot Mond avait laissé tomber sa masse ; il regardait Momo, mais il restait là, sans pouvoir remuer, même pas seulement le petit doigt. Il était encore complètement ahuri quand les gendarmes l'ont fait monter dans leur camionnette tandis qu'on transportait Momo dans l'ambulance. Il ne paraissait guère plus vivant qu'un pantin de bois ou de chiffon qu'on donne aux tout-petits pour jouer.

***

Il y a trois mois que cette affaire est terminée. Et bien cela fait trois mois qu'on n'a pas vu La Ficelle dans les jardins, pas plus que dans le village. À mon avis même nous ne sommes pas près de le revoir ! Tchot Mond, lui, est rentré chez lui et il n'en sort plus ! Il ne fait plus son jardin. Il reste des heures entières assis dans son fauteuil, sans parler, avec des yeux... des yeux qui semblent regarder quelque chose ou bien quelqu'un loin, très loin…

Se rendre compte qu'il aurait pu faire mourir un homme, lui, Tchot Mond, avait été pire qu'une décharge électrique ! D'une force ! D'une force incroyable ! D'une force à lui déranger complètement la cervelle.

in moins d'temps qu'i n'in feut por él dire, éch toét il o déschindu su ch'resse. Qué barouf nom dé nom ! Mais margré cho, is ont intindu brailler, in.ne voé d'honme, cha vnoait d'in.nsous chés tôles… Tous chés gardineus is ll'ont intindu ; i n-y avoait qu'Tchot Mond qui s'avoait rindu compte d'érrien, pis qu'i porsuivoait sn ouvrache ed déberlindgeu. Insenne, is ont rétnu leu Pérsidint ; is ont blotché ses bros :

« Arrête Tchot Mond ! I n-y o tchéqu'in in nsous ! Tu n'intinds point ! »

Aït aït, is ont inlvé chés morcieus d'cabin.ne émormlée por n'in déssatcher… Momo ! Momo qu'i brailloait conme in beudet telmint qu'il avoait du mau à s'gambe pis à sin bros. Is ll'ont étindu dsur in.ne bache. Is ont cminché à l'nétyer, à l'ramidoler. Batisse, li, il o tricé dusqu'à s'moaison por téléphon.ner à chés cadoreus pis à ch'métcin.

Tchot Mond il avoait laissié tchair és masse ; i rbéyoait Momo, mais i restoait lò, sins povoér armuer, minme point in tchot doégt. Coplètemint étombi qu'il étoait coère quanq chés cadoreus is ll'ont foait grimper dins leu carette pis qu'o portoait Momo dins chl'ambulance. I n'sen.noait point pus vivant qu'in cabotin d'bos o bié d'loques qu'o don.ne à chés pouçpets por foaire mumuse.

***

Cha foait troés moés que ll'affoaire-lò al est finite. Bè, cha foait troés moés qu'o n'o point vu L'Fichelle dins chés gardins pis point puss dins ch'poéyis ; minme quà mn'avis os n'sonmes point lò dé ll'ervir ! Tchot Mond, li, il o rintré dins s'moaison pis i n'in sort pus ! I n'foait pus sin gardin. I resse éds heures intières assis dins sin cadot, sins perler, avu des zius… des zius qu'is senn'tté rbéyer tchéque cose o bié tchéqu'in fin loin, fin loin…

S'rinde compte qu'il éroait pu foaire moérir in honme, li, Tchot Mond, ch'avoait té puss pire qu'in coeup d'corant lectrique ! D'in.ne forche ! D'in.ne forche increuyabe ! D'in.ne forche à déringer coplètemint ses boéyeus d'chervelle.

Maintenant c'est Léa qui se plaint :

« Avant, il n'était jamais à la maison. Pour mettre un peu d'huile à une serrure qui grinçait, il fallait quasiment que je lui mette une corde au cou pour le retenir ! Il n'y en avait que pour le jardin, son jardin ! Maintenant, je l'ai tout le temps dans mes jambes ! À tel point que je suis obligée de le mettre dehors pour pouvoir faire mon ménage ! »

Dans les jardins ouvriers, les cabanes minables ont commencé à être retirées. De petits cabanons ont été dressés qui se ressemblent tous avec dedans juste assez de place pour ranger quelques outils. Il y en a un dans le jardin du Père Eurtebise… Ah c'est vrai qu'il ne faut plus dire ça, mais j'ai du mal à m'y faire : ils ont donné ce jardin-là à un nouveau jardinier. Je l'ai vu bécher la terre, son fils à côté de lui.

Achteure ch'est Léa qu'a s'délaminte :

« Dins l'temps, i n'étoait janmoais à l'moaison. Por mette in molé d'heule à in.ne clitchette qui wignoait, falloait quasimint qué j'li mette in.ne corde à sin cou por él rétnir ! I n'y in avoait qu'por sin gardin, sin gardin ! Innhui, jé ll'ai toudis dins mes gambes ! Telmint qué j'sus obligée dé l'mette déhiors por povoér foaire min ménache ! »

Dins ches gardins ouvériers, is ont cminché à foute in l'air des cabin.nes tout d'bistintchuin. Is ont dréché des tchots cabanons qui s'ersenn'tté tous, aveuc énndins jusse assez d'plache por ringer tchéques outieus. Y in o in dins ch'gardin à Père Urtebise… Ah, ch'est vrai, qu'i n'feut pus dire cho, mais j'ai du mau à m'y foaire : is ont don.né ch'gardin-lò à in nouvieu gardineu. Jé ll'ai vu fuir és terre, sin tchot à coeuté d'li.

Le cerf-volant

Conte de Joëlle Jonas d'après Patrick Carpentier

Je vais vous conter une petite histoire qui s'est déroulée sur la côte d'Opale à Stella Plage.

On rencontre très souvent sur nos belles et grandes plages, à marée basse, des enfants et même des adultes qui jouent au cerf-volant. Le vent, souvent présent dans cette région est favorable au vol de ces grands oiseaux. Oiseaux ? Non ! Saviez-vous que le mot « cerf-volant » vient, non pas du nom de l'animal aux grands bois, mais du mot « serp », qui, en ancien français, signifiait « serpent ». Ce jouet, très ancien, évoquait en effet un serpent volant, ou un dragon volant. On picard, on dira plutôt un « dragon ».

Émile avait huit ans. Il ne connaissait sans doute pas ces choses, mais, en tout cas, il pouvait rester des heures à les regarder tournoyer dans le ciel. Il rêvait d'en posséder un, mais ses parents ne pouvaient se permettre de lui acheter un de ces grands cerfs-volants richement décorés, qu'Émile admirait.

À plusieurs reprises, il avait bien essayé d'en fabriquer un, mais aucun n'avait jamais quitté le sol. Alors, il s'allongeait et regardait ceux des autres.

À l'occasion de son anniversaire, Fernand, le grand-père d'Émile, décida de lui en construire un. Il en avait fabriqué plusieurs lors de sa jeunesse comme tous les enfants du pays. C'était un gentil grand-père qui ne vivait que pour son petit-fils. Il avait perdu sa femme. Ses enfants et son petit garçon étaient tout ce qu'il lui restait.

Fernand était pêcheur, il travaillait seul, il avait un petit bateau et tous les jours il prenait la mer. Il ne rapportait pas grand-chose mais cela lui suffisait pour se nourrir, et parfois même il pouvait gagner quelques pièces.

Mais là, pas question d'aller à la pêche. Le grand-père se mit à l'ouvrage le jour même car il fallait absolument que le cerf-volant soit terminé avant le lendemain, jour de l'anniversaire d'Émile. La fabrication dura plus longtemps

Él dragon

Conte ed Joëlle Jonas d'après Patrick Carpentier

J'vas chi vous raconter eune tiote histoire qui s'a passé su l'Côte d'Opale à Stella Plage.

In vot bin des fos, su nos bielles et grindes plages, à l'basse-marée, d'z'infants, et min.me des grands, qui juent à faire voler un dragon. el vint, qui souffelle souvint dins ches coins-là, i est fort bon pou faire voler ches grinds osiaux. D'z'osiaux ? Non ! Vous savotes qué l'mot français « cerf-volant », i vient d' « serp » ? In viux français, cha voulot dire « serpent ». Cha n'vient mie de ch'biête aux grinds bos. Ch'est vrai qu'un cerf-volant, cha arsanne à un serpint, o bin un dragon. In picard, in dira putôt « dragon ».

In c'temps-là, l'tiot Émile i-a huit ans, et i-a quer ed passer d'z'heures à raviser voler ches dragons. I voudrot bin n'd'avoir un, mais ses parints i n'ont point d'doupes pou cha.

I avot bin essayé d'in fabriquer, mais i n'arrivot jamais à l'zes faire décoller. Adon, i s'allongeot et i-arvettiot ceux des autes.

Pou s'n'anniversaire, l'taïon d'Émile, i décide d'li in faire un. I n'd'avot d'jà fabriqué quind i-étot jone, comme beaucop d'infants d'sin coin. Ch'étot un gintil grind-père, qui n'vivot qu'pou sin tiot garchon. I avot perdu s'fin.me bin d'z'années avint, et i li restot foque qu'ses infants et sin tiot garchon.

Adon, l'grind-père d'Émile i s'appelot Fernand et i-étot péqueux. I-ouvrot tout seu, i-avot un tiot batiau et, tous les jours, i s'in allot au lon, su l'mer. I-attrapot pas grand cosse, mais cha li suffisot pou vive.

Mais là, point question d'aller à l'pèque. I fallot que l'dragon i fuche fin prêt pou l'jour d'l'anniversaire d'sin tiot garchon, qui étot l'lind'main. Pou

que prévue dans la nuit et pour la première fois depuis des années, le vieil homme ne prit pas la mer.

Il pensa beaucoup à sa femme en fabriquant le jouet et il eut l'idée de dessiner un cœur sur le cerf-volant en pensant que peut-être, sa femme qui était au ciel, allait voir comme son mari chéri ne l'avait pas oubliée.

L'anniversaire tombait un samedi, c'était une chance. Ce jour-là, il n'y avait pas d'école l'après-midi. Émile allait pouvoir profiter pleinement de sa fête. Il reçut de ses parents des crayons de couleur, et de son grand- père le jouet le plus beau du monde ! Il était heureux de ses crayons et encore plus de son « Ange ». C était le nom qu'il avait donné à son cerf-volant.

Lui aussi, avec ses beaux crayons tout neufs, dessina un cœur pour sa grand-mère à côté de celui de son pépé.

Évidemment toute la famille alla sur la plage cet après-midi-là. Émile apprit très vite à se servir de son cerf-volant et il en était fier. Il avait la sensation de dominer le monde lorsque son « Ange » était au plus haut.

C'était la fin de l'après midi et Fernand décida de prendre la mer quand même. Ce n'était pas son heure habituelle et une tempête risquait de se lever mais la veille, il n'était pas allé pêcher et il lui fallait travailler. Sa famille essaya de l'en dissuader mais en vain. C'était un grand-père très têtu.

Le lendemain matin, très tôt, Émile prit son cerf-volant et courut vers la plage. Mais une triste nouvelle faisait le tour du village pendant ce temps.

Fernand n'était pas encore revenu. On lui avait dit de ne pas prendre la mer, qu'une tempête se levait et qu'on ne part pas seul en mer, surtout à son âge. Tout le monde imagina le pire, il y avait peu de chance pour qu'il revienne, surtout que le vent soufflait encore très fort ce matin-là.

Émile avait à peine commencé à faire élever son « Ange », qu'une forte rafale lui arracha des mains. Il essaya de le rattraper mais le vent soufflait en direction du large et malheureusement, à moins d'un miracle, son jouet était perdu. Il le regarda s'envoler très haut dans le ciel jusqu'à ce qu'il ne puisse plus le voir.

l'première fos d'pus d'z'années, l'viel homme i n'prind pas l'mer ch'te nuit-là. L'dragon, i dot ête l'pus biau d'tous.

Tout In copant, in collant, et in assan.nant l'cerf-volant, Fernand i busie à s'fin.me. I s'dit que p'tête, ed la-haut, alle va l'vir, et i dessine un grind cœur ed'sus.

L'fiête à Émile, alle quéiot un samedi. Du cop, pas d'école, et l'tiot i dallot pouvoir bin profiter d'sin cadeau. Par ses parints, i-avot eu des crayons d'couleur, et i-étot bin contint, mais, bin sûr, sin préféré, ch'étot s'n' « Anche », Él dragon qui li avot donné Fernand. Ch'étot l'pus biau juet du monte !

Li aussi, avint de l'faire voler, avec ses crayons tout neu, i dessine un cœur à côté de ch'ti d'sin pépé.

Bin sûr, ch't'après-midi là, tout l'famille alle s'in va su l'plage. Émile, i apprind vite à s'servir du biau dragon, et i s'sint l'Maîte du Monte, in l'veyant voler si haut. Et i-arsannot vramint à un anche.

À l'fin de l'journée, Fernand i décide ed prinde el mer quind min.me. Ch'étot pas s'n'heure ed'd'habitute, et in arot dit qu'eune tempête alle dallot arriver, mais il li faut bin ouvrer. S'famille, alle essaie d'li faire canger d'avis, mais rin à faire. Ch'est un grind-père fort têtu !

El lind'main matin, v'là Émile su l'plage, à l'première heure. Tout l'journée, i coeurt après sin dragon dins l'ciel, à in avoir d'mau à ses bras. Mais v'là qu'eune triste nouvelle alle fait l'tour du villache : Fernand, i est point core rintré de l'pèque !

In li a pourtint dit d'pas y daller ! À s'n'âche ! Tertous, i crotent qu'i n'arviendra pas. L'vint, i souffelle core bin fort !

Tellemint fort, qu à pin.ne qu'Émile, i-a comminché à faire involer sin cerf-volant, qu'eune rafale, alle finit par li rassaquer l'fichelle ed ses mains d'un seul cop et v'là l' « Anche » importé au larche. L'paufe tiot, i n'a pus foque à l'raviser s'involer bin lon et bin haut.

Il était tellement triste ! Émile rentra chez lui en larmes. En le voyant dans cet état ses parents crurent qu'il avait appris pour son grand-père et ils le serrèrent dans leurs bras, ce qui accentua encore sa peine. Il alla pleurer dans sa chambre tout l'après-midi.

Tard dans la soirée, alors que la famille était convaincue que le pire était arrivé pour Fernand et pendant que Émile rêvait à son « Ange », la porte s'ouvrit soudain, et le pépé entra, tenant sous le bras… un cerf-volant ! Son fils lui sauta au cou, il était vivant ! Épuisé mais vivant !

Il raconta son histoire, la tempête, la nuit noire, les vagues énormes, la voile décrochée et durant des heures, le bateau qui chavirait. Jusqu'au moment où, au petit matin, une corde était venue se poser dans sa main et sans trop savoir pourquoi, il l'avait tenue très fort pendant des heures. Quand la tempête avait fini par se calmer, il était à bout de force mais toujours agrippé à cette corde. Il avait levé les yeux au ciel et vu qu'au bout de la corde il y avait le cerf-volant qui le tirait vers le port.

Le lendemain, Émile retrouva son jouet intact au pied de son lit et il ne sut jamais ce qui avait failli arriver à son pépé.

Était-ce un hasard ou peut être la femme de Fernand qui le sauva ? Les objets les plus ordinaires peuvent devenir magiques, si on leur insuffle assez d'amour.

In rintrant à s'mason, i brait tellemint fort qu'ses parints, i crotent qu'i sait chu qu'i-est arrivé à sin grind-père. S'manman, alle crot bin faire in l'pochénant su sin cœur, mais, l'tiot, in foufièle, i s'in va braire dins s'campe tout l'après-midi.

Tard dins l'soirée, pindant qu'l'infant, i rêvot de s'n'Anche, tertous, i perdotent l'espoir ed revir el viux homme, mais v'là ti pas que l'porte, alle s'ouve tout d'un cop, et qu'Fernand, i rinte, trimpé, ingélé, mais bin vivant, et in t'nant dans ses mains... l'dragon du tiot Émile ! Sin garchon, i li saute à sin cou. Fernand, i-est vivant ! Arcran, tout racrui, mais in vie !

L'brafe homme, i s'avot débattu tout l'nuit avec l'z'énormes vagues, et un vint d'seut. I-avot bin cru vir s'dernière heure arrivée. L'batiau i berloquot tint et plus, mais sins savoir commint, au matin, Fernand, i s'avot artrouvé avec un morciau d'corde dins ses mains, et i n'l'avot point lâché. Au matin, à bout d'forche, i s'avot infin rapproché du rivache, et, in ravisant l'ciel, i-avot vu, au bout de l'corde, l'dragon d'sin tiot fieu, qui l'avot ram'né à bon port !

L'lind'main, Émile, i artrouvé sin cerf-volant, in bas d'sin lit. I n'a jamais su chu qu'i-étot arrivé à sin taïon, ni commint que l'Dragon i-avot été r'trouvé.

Fernand li-min-me, i n'pouvot point l'espliquer, mais, au fond d'sin cœur, i savot qu'ch'étot s'fin.me qui l'avot aidé. Les cosses les pus simpes, alles peuvent dev'nir magiques, si in leu met in d'dins assez d'amour.

L'héritage
Pièce de Valérie Touron

Distribution des rôles

Eugène Ledoux : le père
Germain Ledoux : le fils
Françoise Ledoux : l'épouse de Germain
Bernard : l'ami et voisin des Ledoux
Yolande : la bonne
Amélie Gitime : la fausse fille illégitime
Julia Foche : la vraie fille illégitime

SCENE I

L'action se déroule dans le salon d'une maison bourgeoise, chichement décoré avec un tableau en arrière-plan et une desserte sur le côté.
Installé dans un fauteuil du salon, Germain relit ses notes, arrive Bernard son voisin et ami.

Bernard : Ça va-t-y Germain ?

Germain : Oui et toi Nanard ?

Bernard : J'ai trouvé pour ton vieux !

Germain : Quoi mon vieux ?

Bernard : Eh bien pour le supprimer tiens ! J'ai un truc imparable, indétectable aux contrôles !

Germain : Oui si c'est comme la potion que tu as donnée à ton beau-frère l'autre fois, c'est pas gagné ! Je te rappelle qu'il a fait trois fois le tour du canton en

Chl'héritage

Eune pièche ed Valérie Touron

Départage éd chés roles

Eugène Ledoux : Éch père
Germain Ledouc : Éch fiu
Françoise Ledoux : Chl'épouse
Bernard : Ch'copain et voésin
Yolande : Chob bonne
Amélie Gitime : Él feusse fille illégitime
Julia Foché : Él vraie fille illégitime

Scéne I

Chl'action al s'déroule dins chu salon d'eune moaison bourgeoèse, chichemint décorée avec un tableau in arrière plan pis eune desserte sus ch'côté.
Installé dins ch'canapé, Germain il erlit ses notes, arrive Bernard sin voésin et ami.

Bernard :Salut Germain, a va-t-i ?

Germain : Ouais, pis ti min Nanard ?

Bernard : Mais quoé qu'tu foais ? Ah au fait, j'ai trouvé ! Pour tin viu !

Germain : Quoé, min viu ?

Bernard : Ben pour l'estorbir tiens ! J'ai un truc imparabe, indétectabe à chés contrôles !

Germain : Ouais si ch'est comme el bistouille qu't'as r'filé l'eute cœup à tin bieu-frère, bin ch'est point gaingné ! J'te rappelle qu'il a foait troés foés l'tour d'éch vélo, avant qu'on puisse l'arrêter ! Tout ça après avoir bu ta mixture soit-disant indétectable...

Bernard : Oui... bon ! Mais c'était une erreur de dosage, ça arrive et ça n'est pas si grave ! C'est vrai que j'en avais mis un peu trop mais bon, c'est tout ! Mais là, je suis sûr de mon coup !

Germain : Vaudrait mieux, parce qu'il s'agit d'un crime qui doit être parfait ! On ne doit rien voir à l'autopsie s'il y en a une bien sûr !

Bernard : Fais moi confiance, ça ne se verra pas, le vieux il va mourir sans rien dire et tout le monde n'y verra que du feu ! J'ai vu ça à la télé, tu sais le feuilleton « Les experts », eh bien c'est en regardant l'épisode que j'ai eu mon idée.

Germain (*un peu sceptique*) : Et alors c'est quoi ton idée ?

Bernard : Bien voilà

Il s'assure que personne n'écoute et au moment de parler, on entend un bruit de pas dans les escaliers.

Les deux hommes se lèvent inquiets.

Germain : Viens dans mon bureau, on sera plus tranquilles, parce que les murs ont des oreilles.

Bernard : Oui tu as raison, allons-y !

Les deux hommes quittent la pièce. Entre Eugène qui a entendu la conversation.

Eugène : Bien ça alors ! En voilà une autre ! Mon enfant unique que j'ai élevé, mon enfant à qui j'ai tout donné...Mon enfant qui a hérité de ma fabrique de robinets, voilà qu'il veut me supprimer ! J'ai bien entendu : me supprimer sans laisser de traces... Mais que se passe-t-il dans sa tête ?... C'est vrai qu'en ce moment ses affaires ne vont pas bien, pas bien du tout même... Ah ! Ce ne serait

canton in vélo edvant qu'on peuche l'arrêter ! Tout o aprés avoér bu t'mixture soét disant indétectabe...

Bernard : Ouais mais bon, ch'étoait eune erreur ed dosage, cha arrive et pis cha n'est mi grave ! Est vrai qué j'n'avoais mis un peu d'trop mais bon ch'est toute. Lo, ej sus seur ed min cœup.

Germain : Vodroait miu, pasqué i s'agit d'un crime qu'i doait ête parfoait ! Os n'doait rin vir à chl'autopsie, si i nn'a eune bien seur !

Bernard : Foais-mé confiance, a n'es verro point. Éch viu i va clapser sans rin dire pis tout l'monne i n'y voéro qu'du fu ! J'ai vu cho à l'télé, tu sais à ch'feuilleton éd « chés experts », bin ch'est lo, in ravisant chl'épisode, eq j'ai ieu mn'idée !

Germain (*un molé sceptique*) : Et alors, ch'est quoé tn'idée ?

Bernard : Bin vlo

I s'asseure equ parsonne i n'écoute pis au momint d'parler, os intind un bruit d'pos dins chés escayiers. Chés deux hommes is s'lèv't, inquiets.

Germain : Viens dins min burieu, oz y sront pus trantchilles, pace que chés murs iz ont des eurelles.

Bernard : Ouais, t'os raison allons-y !

Chés deux hommes is tchi't chol pièce. Intre Eugène qui a intindu chol conversation.

Eugène : Ben cho alors ! N'in vlà d'eune eute ! Mn'éfant unique qu'j'ai élvé, mn'éfant qu'j'y ai tout donné... Mn'éfant qu'il o hérité dé m'fabrique ed robinets, vlo qu'i veut m'estorbir ? J'ai bien intindu : m'estorbir sans laicher d'traches... Mais quoiqu'i s'passe dins s'tête ? Ch'est vrai qu'in ch'momint-chi, chés affouaires is n'vont point bien, point bien du toute meume... Ah ! A n'sroait ti point pour toucher chl'héritage qu'il o yeu cht'idée-lo ? Oh ! Mais i m'vient eune idée pour

pas pour toucher l'héritage qu'il a eu cette idée là ? Oh ! Mais il me vient une idée pour empêcher ce dessein... Attends mon gaillard, ça ne va pas se passer comme ça ! Je vais me renseigner pour engager une jeune femme et la faire passer pour ma fille illégitime, comme ça avec une sœur dans les jambes, il ne pourra plus se débarrasser de moi ou alors il faudra partager l'héritage en deux et ça, ça risque de ne pas lui plaire.

Il quitte la pièce à son tour.

SCENE II

Quelques jours plus tard, la bonne entre dans le salon avec un vase rempli de fleurs. On sonne à la porte. Elle va ouvrir. Une jeune femme se présente.

Amélie : Bonjour, je suis bien chez les Ledoux ?

Yolande : Oui, c'est ici pourquoi ? Qui êtes-vous ?

Amélie : Amélie Gitime, la fille de Monsieur Ledoux.

Yolande (*éberluée*) : Sa fille ? Depuis quand ?

Amélie (*haussant les épaules*) : Eh bien depuis toujours voyons !

Yolande : Ah bon ! Monsieur et Madame ne m'ont rien dit...

Amélie : Bien... C'est à dire que Madame n'est peut-être pas au courant...

Yolande : Ah bon ? Mais c'est quand même elle qui vous a mis au monde ?

Amélie : Bien non, enfin c'est à dire que ma mère est morte !

Yolande : Morte ! Madame est morte ?

Amélie : Mais non, je veux dire que je viens de à côté de Dijon. Mon père y a connu ma mère il y a des années. Et ils ont fait « crac-crac » comme on dit...

empétcher ch'dessein-lo... Attinds min gaillard a n'va point s'passer comme o ! J'vas m'rinseigner pour ingager eune jonne femme pi l'foaire passer pour em fille illégitime, comme o aveuc eune soeur dins les pattes, i n'pourro pu s'débarracher d'mi ou alors i feudro partager chl'héritage in deux et cha risque dé n'point li plaire.

Il tchitte él pièche à sin tour.

SCENE II

Quèques jours pus tard, la bonne al intre dins chu salon aveuc un vase rimpli d'fleurs. Os buque à l'porte. Al va ouvrir, eune jonne fame a s'présinte.

Amélie : Bonjour, ej sus ti bien mon chés Ledoux ?

Yolande : Oui, intrez, ch'est ichi pourquoé ? Tchèche qu'oz êtes ?

Amélie : Amélie Gitime, l'fille à mossieu Ledoux.

Yolande (*ébeubie*) : S'fille ? ! Edpis quand ?

Amélie (*i léve ész épeules*) : Bin, edpis tojours voéyons !

Yolande : Ah bon ! Mossieu pi Madame is n'm'ont point rien dit !

Amélie : Bé... Ch'est à dire equ Madame a n'est pétète point au courant...

Yolande : Ah bon ? Mais ch'est quand meume elle qu'al vous a mis au monde ?

Amélie :Bin non, infin ch'est à dire qué m'mère al est morte !

Yolande :Morte !

Amélie : Ouais, mais y o longtemps os savez ! Mi, ej viens d'à côté ed Dijon. Min père il a connu m'mère y a dz'énées. Pis is ont foait « crac-crac » comme o

Puis il est reparti dans son pays. Ma mère s'est retrouvée enceinte, et elle ne connaissait que son nom, alors sur son lit de mort, elle m'a raconté son histoire et moi avec internet j'ai retrouvé où il était.

Yolande (*intriguée*) : Ah d'accord... Mais qui c'est internet ?

Amélie : Eh bien l'informatique, l'ordinateur quoi !

Yolande : Ah oui ! (*elle fait semblant de comprendre*). Et comme ça vous vous êtes dit qu'il vous accueillerait tout naturellement.

Amélie : Bien, je pensais qu'il serait peut-être content de me voir...

Yolande (*dubitative*) : Ah oui....

Arrive Françoise, les bras chargés de paquets, elle vient d'aller faire des courses. Elle remarque la jeune fille.

Françoise : Tenez Yolande, portez tout ceci dans ma chambre... Mais qui est cette jeune fille là Yolande ?

Yolande : Bien voilà, c'est mademoiselle Gitime, en fait c'est comme qui dirait votre fille...

Françoise : Pardon ?

Yolande : Ben oui, puisque c'est la fille de votre mari, c'est donc un peu votre fille...

Françoise : Je ne comprends pas bien Yolande, vous avez bu ou quoi ?

Yolande : Ah non Madame ! Je vous jure ! Je vous dis que c'est la fille de Monsieur !

Amélie (*intervient, voyant que la bonne se décompose*) : Permettez que je me présente : Amélie Gitime, la fille de votre mari...

dit, pis li il o rparti dins sin poéyis. M'mère a s'a rtrouvée prinse ed li, mais a n'savoait qu'sin nom. Adon, dsu sin lit d'mort al m'a raconté sn'histoère, pis mi aveuc internet j'ai rtrouvé éd doù qu'il étoait !

Yolande (*intridjée*) : Ah d'accord, pis tchèche equ ch'est internet ?

Amélie : Bin chl'informatic, chl'ordinateur quoé.

Yolande : Ah ouais ! (*al comprind rien mais al foait semblant*) Pis comme o, os vous êtes dit qu'i vous atcheuilleroait naturelmint !

Amélie : Bin, j'pinsoais qu'i sroait pétète contint dé m'vir ?

Yolande (*qu'a doute*) : Ah ouais...

Arrive Françoise, chés bros cartchés d'patchets, al vient d'aller foaire des courses.Al ermarque chol jonne fille.

Françoise : Tnez Yolande, portez tout o dins m'chambe, mais tchèche equ ch'est l'jonne fille-lo, Yolande ?

Yolande : Bin vlo ch'est mamzelle Gitime, in fait ch'est comme qu'i diroait vou fille.

Françoise : Pardon ? !

Yolande :Bin ouais pisqué ch'est l'fille à vou homme, adon ch'est un molé vou fille...

Françoise :Jé n'comprinds point bien Yolande, os avez bu ou quoé ?

Yolande : Ah non Madame ! Éj vous jure ! Éj vous dis equ ch'est l'fille à Mossieu !

Amélie (*qu'a voét qu'chob bonne a s'décompose*) : Permettez qu'j'ém présinte Amélie Gitime, él fille à vou mari...

Françoise : Ah oui !... Et vous avez des preuves ?

Amélie : Oui... Enfin non...

Françoise (*agacée*) : Vous avez des preuves oui ou non ?

Amélie : C'est à dire que ma mère sur son lit de mort m'a raconté l'aventure qu'elle a eue à l'époque du côté de Dijon et elle m'a assuré que mon père légitime c'est Monsieur Ledoux d'Ailly, que j'ai retrouvé grâce à internet.

Yolande : L'informatique ! Avec tous les moyens modernes d'aujourd'hui...

Françoise : Oui l'informatique ! (*puis se retournant vers Amélie*) Mais dites-moi, Ailly, il n'y en a pas qu'un. Il y a Ailly-sur-Somme, Ailly-sur-Noye et ici Ailly-Le-Haut-Clocher, sans compter tous ceux de la France entière ! Ça fait beaucoup !

Amélie : Oui mais je suis sûre de moi. C'est bien Monsieur Ledoux d'Ailly ici !

Françoise : Bon admettons, mais qu'est-ce que vous croyez ? Que mon mari va vous reconnaître et vous apprendre à lire et à écrire ?

Amélie : Non bien sûr ! Je suis trop grande et j'ai passé l'âge, mais je voudrais bien le voir, lui parler. Enfin je ne sais pas moi, mais il y a tellement longtemps que j'attends ce moment-là !

Françoise : Oh là là ! Mon dieu, que me tombe-t-il sur la tête ?

Amélie (*elle regarde sa valise*) : Mais d'abord, il n'y aurait pas un hôtel dans le coin où je pourrais dormir ?

Françoise : Un hôtel ? Vous n'y pensez pas ! Il y a assez de lits ici pour vous loger. Yolande ! Installez mademoiselle dans une chambre en haut. Moi pendant ce temps là je vais attendre Monsieur pour lui annoncer la bonne nouvelle !

Françoise : Ah ouais... Et oz avez des preuves ?

Amélie : Bin ouais... Non infin...

Françoise(*épinée*) : Oz avez des preuves ouais ou bien non ?

Amélie : Bin, ch'est à dire qué m'mère dsu sin lit d'mort al m'a raconté sn'avinture qu'al a ieu à l'époque dé ch'côté d'Dijon-lo, et pis al m'o asseuré qu'min père légitime ch'étoait Mossieu Ledoux d'Ailly, qu'j'o rtreuvé grace à internet.

Yolande : Chl'informatic ! Aveuc tous chés moyens modernes d'in-hui os savez...

Françoise : Ouais, l'informatic ! (*pis s'ertournant vers Amélie*) Mais dites-mé vous, dz'Ailly i n'n'a point qu'un : y a Ailly-dsu-Somme, Ailly-dsu-Noye, pis ichi Ailly-le-heut-Clotcher, sans compter tous cheux-lo éd chol France intiére ! A foait gramint !

Amélie : Ouais, mais ej sus seure éd mi. Ch'est bien Mossieu Ledoux d'Ailly ichi.

Françoise : Admettons, mais os croyez quoé ? Qué mn'homme i va vous rconnoaite pi vous apprènne à lire pis à écrire ?

Amélie :Non bié seur ! Ej sus trop grande pis j'ai passé l'âge, mais j'voudroais bin l'vir, li parler. Infin j'sais point mi, y a tellemint longtemps equ j'attinds ch'momint-lo !

Françoise : Quoé qu'i m'tombe dsu l'tête ! Mon diu !

Amélie (*rbeyant s'valise*) : Mais d'abord y o t-i point un hôtel dins l'coin doù qué j'pourroais dormir ?

Françoise : Un hôtel ? Os n'y pinsez point ! Y o assé d'lits ichi pour vous loger. Yolande ! Installez Mamzelle dins eune chambe in heut. Mi pendant ch'temps-lo, j'vas attinde Mossieu pour li annoncher l'boénne seurprise !

Amélie : Oh mais c'est gentil à vous ! Vous croyez que ça va lui faire plaisir ? Parce que je ne voudrais pas abuser vous savez....

Françoise : Mais oui ! ça va lui faire plaisir, bien plus que ce que vous croyez ! Allez vous n'avez qu'à suivre Yolande qui va vous montrer le chemin.

La bonne et Amélie quittent la pièce. Arrivent Germain et Bernard en pleine discussion.

Bernard : Je suis sûr que ça va aller, tu vas voir !

Germain : Si tu le dis !

Françoise se râcle la gorge pour signaler sa présence.

Germain : Ah ma chérie tu es là !

Françoise : Comme tu vois ! Mais dis-moi tu n'aurais pas rien oublié il y a quelques années du côté de Dijon ?

Germain : Dijon ? Mais ça remonte à Mathusalem ça, pourquoi ?

Françoise : Non parce qu'à part les Hospices de Beaune, tu n'as pas fait que regarder les bouteilles ni les bonnes soeurs !

Bernard observe la scène amusé et fait des mimiques.

Germain : Je te rappelle que j'étais en voyage d'affaires avec mon père et que je ne me suis pas amusé tout le temps !

Françoise : Oui mais pendant les moments d'amusement justement... Et puis c'est une bonne excuse le travail non ?

Germain : Eh bien quoi ?

Amélie : Oh mais ch'est très gintil à vous ! Mais os croyez qu'cha va li foaire plaisi ? J'voudroais point abuser os savez...

Françoise : Oh mais ouais ! cha va li foaire plaisi, bien pusse qu'os croéyez ! Allez os n'avez qu'à suire Yolande al va vous montrer chu cmin.

Chob bonne pis Amélie is tchit't él pièche. Germain pis Bernard is arriv't in pleine distchussion.

Bernard : Ej sus seur equ cha va aller, tu vas vir !

Germain : Si qu'tu l'dis !

Françoise a râcle s'gorge pour signaler s'présince.

Germain : Ah m'chérie, t'es lo !

Françoise : Comme tu voés ! Mais dis-mé ti, t'airoais point rien oublié y a eune poaire d'énées du côté d'Dijon ?

Germain :Dijon ? Bin cha rmonte à Mathusalem cha pourquoé ?

Françoise : Non pasqué à pèrt chés hospices ed Beaune, t'as point foait qu'erbeyer chés bouteilles, pi chés bonnes soeurs !

Bernard il observe chos scène amusé, pis i foait des mimiques.

Germain :Ej te rappelle equ j'étoais in voyage d'affoaires aveuc min père et qué j'mé sus point amusé tout l'temps !

Françoise : Ouais mais pindant chés momints d'amusemints justemint... Pis ch'est eune boènne estchuse éch travail, non ?

Germain : Bin quoé ?

Françoise : Je me comprends ! Tu ne veux rien dire, c'est bien… mais je te réserve un chien de ma chienne !

Elle part énervée en claquant la porte. Les deux hommes restent, Bernard est complètement hilare.

Bernard : Dis donc c'est ta fête ou quoi ?

Germain : Je ne sais pas et je n'y comprends rien !

Bernard : Dis, tu n'aurais pas eu une petite aventure des fois ?

Germain : Non mais t'es pas fou toi !

Bernard : Eh bien quoi ? Il n'y a pas de mal à se faire du bien !

Germain : Ah d'accord c'est ça ! Mais qu'est-ce que tu crois toi ? Avec le paternel dans mes jambes à longueur de journée, tu penses bien que je n'ai pas eu le temps de conter fleurette à une fille !

Bernard : Oh, eh, pas à moi, hein ! Je sais bien comment ça se passe !

Germain : Eh bien non justement, il n'y a rien eu !

Bernard : En tout cas ce n'est pas ce que croit ta femme ! À mon idée elle a trouvé quelque chose qui t'accuse.

Germain : Oui mais quoi ? Je ne vois pas !

Bernard : Et bien, une petite culotte peut-être ?

Germain : Quoi une petite culotte ? Mais tu n'y es plus toi ? Non ! Tu me prends pour Chirac avec celle de Madonna ?

Françoise : Jé m'comprinds ! Tu n'veux point rien dire, ch'est bien... Mais mi j'té réserve un tchien dé m'tchienne !

Pis al part épinée in clatchant chop porte. Chés deux hommes is rest't, Bernard i s'déclatche ed rire.

Bernard : Bén dis donc, ch'est t'fête ou bien quoé ?

Germain :Jé n'sais point pis jé n'comprinds rien !

Bernard : Dis, t'airoais point ieu eune tchote avinture des foés ?

Germain :Non mais t'es point fou ti ?

Bernard :Bin quoé ? Y a point d'mau à s'foaire du bien !

Germain :Ah d'accord ! Mais quoé qu'tu croés ti ? Aveuc éch paternel dins mes gambes à londjeur ed jornée, tu pinses bien equ j'ai point ieu l'temps ed conter fleurette à eune drôlesse !

Bernard :Oh, eh, point à mi hein ! Ej sais cmint qu'a s'passe !

Germain :Bin non justemint, y a rien ieu !

Bernard : In tout cas ch'est point ch'qué t'fame al croét ! À mn'idée qu'al a trouvé quèque cose qu'i t'atchuse.

Germain : Ouais mais quoé ? Jé n'voés point !

Bernard : Bin, eune tchote tchulotte pétète ?

Germain : Quoé eune tchote tchulotte ? Tu n'y es pus ti non ! Tu m'prinds pour Chirac aveuc el sienne à Madonna ?

Bernard : Non mais je cherche à comprendre, pour moi, ta femme prêche le faux pour savoir le vrai !

Germain : Le vrai de quoi ?

Bernard : Eh bien je n'en sais rien moi, puisque je n'étais pas avec toi à Dijon !

Germain : Oh ! Vous m'agacez tous avec cette histoire ! D'abord il y a plus de vingt ans alors je ne me rapelle plus de tout ! De toute façon, il est l'heure que j'aille à l'usine. Il faut bien que je montre aux ouvriers qui est le patron non ?

Bernard : Oui, oui... eh bien moi je vais aller dans mon jardin voir s'il n'y a pas de mauvaises herbes qui poussent, et j'en profiterai pour nourrir les poules.

Les deux hommes quittent le salon. Amélie entre puis Eugène arrive avec une orchidée (sa passion dans la vie) dans les mains.

Eugène : Bonjour mademoiselle.

Amélie : Bonjour ! Je suis Amélie Gitime la...

Eugène : Ah vous êtes la comédienne ?

Amélie : Oui... Non enfin....

Eugène : C'est moi qui vous ai appelé ! Voilà, c'est à cause de mon fils, il veut me supprimer pour avoir l'héritage.

Amélie : Vraiment ?

Eugène : Comme je vous l'ai dit l'autre jour au téléphone, j'ai entendu une conversation entre lui et un complice ! Il n'y a pas de doute possible ! Ils disaient même que ça devait être le crime parfait, sans laisser de traces....Aussi si je vous ai demandé de venir, c'est pour jouer le rôle de ma fille cachée.

Bernard : Mais non ! Mais j'trache à comprinde, pour mi, t'fame al prêche ech feux pour savoér éch vrai !

Germain : Éch vrai d'quoé ?

Bernard : Bin, j'in sais rien mi, pisqué j'y étoais point à Dijon aveuc ti !

Germain : Oh, os m'agacez tertous aveuc ell histoère-lo ! D'abord y a pus d'vingt ans, alors mi j'em rappelle pus d'toute ! D'tous sins, il est l'heure qué j'voéche à l'usine, i feut bien que j'montre à chés ouvèriers tchèche equ ch'est ch'patron non ?

Bernard : Ouais ouais... Ben mi, j'm'in vas dins min gardin vir si y a point d'mawaises herbes qu'is pouss't pi rafforer chés glaines.

Chés deux hommes is tchit't éch salon. Amélie al intre pis Eugène il arrive aveuc eune ortchidée dins ses mains (s'passion dins la vie).

Eugène : Bonjour mamzelle.

Amélie : Bonjour ! Ej sus Amélie Gitime el...

Eugène : Ah ! Os êtes el comédienne ?

Amélie : Ouais, non, infin...

Eugène : Ch'est mi qu'ej vous ai applé ! Vlo, ch'est à cause ed min fiu ! I veut m'escofier pour avoér emn héritage !

Amélie : Vraimint ?

Eugène :Comme ej vous l'ai dit l'eute jour à ch'téléphone, j'ai intindu eune conversation intre li pis un complice ! Y o point d'doute possibe ! I disoai't meume qu'a devoait ête éch crime parfoait sins laicher d'traches ! Aussi ej vous dmande ed juer ch'rôle d'em fille muchée.

Amélie : Soyez tranquille ! Je saurai jouer mon rôle. Et je peux vous dire que votre fils va y réfléchir à deux fois avant de faire un pas de travers !

Eugène : J'espère que vous avez raison...

Amélie : Mais oui, faites-moi confiance, tout va bien se passer je vous le dis !

Rideau

SCENE III

Entre Françoise avec un panier de légumes du jardin.

Françoise : Yolande ! Yolande ! Tenez prenez le panier de légumes, c'est pour la soupe de ce soir.

Yolande : Bien Madame. Il faut tout faire ?

Françoise fait signe que oui. On sonne à la porte.

Françoise : Yolande, on sonne allez ouvrir !

Yolande va ouvrir.

Yolande : Madame ?

Julia : Bonjour, je viens voir Monsieur Ledoux, c'est bien ici ?

Yolande : Oui entrez.

Julia entre, très élégante, elle fait le tour du salon, observe le mobilier et le décor. Françoise qui la regarde l'interpelle.

Françoise : Vous désirez ?

Amélie : Fuchez trantchille ! Ej sairai juer min rôle. Ej peux vous dire equ vo fiu y va buser deux cœups edvant ed foaire un pas d'travers !

Eugène : J'espère qu'oz avez raison...

Amélie : Mais oui, foaisez-mé confiance, toute i va bien s'passer qué j'vous dis !

Ridieu

SCENE III

Françoise al rinte d'ech gardin aveuc un pénier d'ledgeumes.

Françoise : Yolande ! Yolande ! Tnez ch'pénier d'lédgeumes pour el soupe au soèr !

Yolande : Bien Madame, feut tout foaire ?

Françoise al foait singne equ oui. Os sonne à chop porte.

Françoise :Yolande, os sonne ! Allez ouvrir !

Yolande al vo ouvrir.

Yolande : Madame ?

Julia : Bonjour, ej viens vir Mossieu Ledoux, ch'est bien ichi ?

Yolande : Ouais, intrez.

Julia al intre, bien bértelée, al foait l'tour dé ch'salon, al observe chés meubes pis chu décor. Françoise, qu'a l'érbeye, a l'interpelle.

Françoise : Os dzirez ?

Julia : Voir Monsieur Ledoux, mon père.

Françoise : Votre quoi ?

Julia : Ben oui, mon père quoi !

Yolande qui assiste à la scène, fait des commentaires en aparté.

Yolande : Sa fille ! Mais il en a combien comme ça ? Oh, ça va être un vrai défilé ma parole !

Julia : Oui il faut que je vous explique....

Françoise : Ah oui, j'aimerais bien !

Julia : Eh bien voilà ! J'ai dû placer ma mère dans un hospice puis vendre sa maison car la pauvre femme avait des dettes...

Françoise : À mon avis l'argent n'a pas servi juste à renflouer les caisses !

Elle regarde la toilette de Julia.

Julia : Ah si ! Je vous l'assure ! Et en vidant sa maison, je suis tombée sur une lettre qu'elle n'a jamais envoyée et dans laquelle elle raconte son histoire. C'est comme ça que j'ai appris que mon vrai père, c'est Monsieur Ledoux...

Françoise : Oui oui... Mais deux filles dans la même journée ! Ça fait beaucoup !

Julia : Comment deux filles ? (*en aparté*) Ça ne m›arrange pas cette affaire-là !

Françoise : Eh bien oui ! Pas plus tard que tout à l'heure, il y a une jeune femme qui prétend être aussi la fille de mon mari.

Julia : C'est pas possible !

Julia : Vir Mossieu Ledoux, min père.

Françoise : Vou quoé ?

Julia : Bin ouais, min père quoé !

Yolande qu'al érbeye chos scène, al foait des commintaires in apparté.

Yolande : Es fille ! Mais i'n'o combien comme o ? Cha vo ête un vrai défilé ma parole !

Julia : Ouais, feut qu'ej vous esplique…

Françoise : Ah ouais, j'aimroais bien !

Julia : Bin vlo, j'ai dû placeu m'mère din un hospice pi vinde es moaison pace qu'el peuve feume al avoait des dettes…

Françoise : À mn'avis chés sous is n'ont point juste servi à rinflouer chés tchaisses !

Al rbeye el toilette à Julia.

Julia : Ah sié sié ! Ej vous l'asseure ! Et in vuidant s'moaison, j'ai tcheu dsu eune lette qu'al o jamoais té invoéyée, doù qu'al raconte sn'histoère. Ch'est comme o equ j'ai seu qu'min vrai père ch'étoait mossieu Ledoux…

Françoise : Ouais ouais… Mais deux filles din l'meume jornée, a foait gramint !

Julia : Cmint deux filles ? (*à pert elle*) A n'm'arringe point chl'affoaire-lo !

Françoise : Bin ouais ! point pus tard que d'taleur y o eune jonne femme qu'al o prétindu ête el fille à mn'homme étou !

Julia : Ch'est point possibe !

Françoise : Ah si si ! Alors, je voudrais bien comprendre…

À ce moment-là, Germain entre, toujours suivi de son fidèle ami.

Germain : Ah ! c'est l'heure intelligente ! T'as toujours eu du nez mon Nanard !

Bernard : Et comment ! L'apéro ça ne se loupe pas ! Il ne faut pas rigoler avec ça !

Germain aperçoit les trois femmes dans le salon.

Germain : Ah ma chérie t'es encore là ! Mais tu ne me présentes pas ton amie ?

Françoise : Ah si ! (*puis s'adressant à Julia*) Au fait c'est comment votre nom ?

Julia : Julia Foché…

Yolande : Comme les blés !

Julia : Les blés ?

Yolande : Ah ben oui fauché comme les blés ! C'est une expression, vous ne connaissez pas ? Bah… ça ne m'étonne pas ! On voit que vous êtes de la ville…

Françoise : Bon Yolande, là n'est pas la question… Vous ferez vos jeux de mots plus tard ! (*elle se tourne vers son mari*) Donc voici Madame Foché ta deuxième fille !

La bonne, vexée, repart dans la cuisine tandis que Germain est ébahi et Bernard s'esclaffe.

Bernard : Eh bien ça alors mon cochon ! Tu en as combien comme ça ?

Germain : Mais c'est impossible ! Voyons je n'ai pas d'enfant ! Enfin Françoise, tu le sais !

Françoise : Bin sié sié ! Alorse mi j'voroais bien comprinde…

À ch'momint-lo, Germain il intre, tojours sui d'sin inséparabe.

Germain : Ah ! ch'est l'heure intelliginte ! T'as tojours ieu du nez min Nanard !

Bernard : Et cmint ! Chl'apéro, cha n'es loupe point ! Y feut point rigoler aveuc o !

Germain i voèt chés feumes dins chu salon.

Germain : Ah m' chérie t'es coère lo ! Mais tu n'em présinte point tn'amie ?

Françoise : Ah sié ! (*pis s'adressant à Julia*) Au fait ch'est cmint vo nom ?

Julia : Julia Foché…

Yolande : Comme chés blés !

Julia : Chés blés ?

Yolande : Bin ouais feuché comme chés blés ! Ch'est eune espression, os n'connaichez point ? Bah... ch'a n'm'étonne point, du reste os voét qu'oz êtes ed la ville.

Françoise : Bon Yolande, lo n'est point l'tchestion… Os frez vos jux d'mots pus tard ! (*al s'ertorne vers sin mari*) Adon, vlo Madame Foché t'duxième fille !

Chob bonne, vexée, a rpart dins l'tchuisine tandis qu'Germain il est ébahi pis qu'Bernard i s'esclaffe.

Bernard : Bin cho alors min coéchon ! Tu n'as smé combien comme o ?

Germain : Mais ch'est impossibe ! Voéyons, ej n'ai point d'éfant ! Infin Françoise, tu l'sais ?

Françoise : Il faut croire que non ! Et j'espère qu'il n'y en a pas d'autres qui vont avoir l'idée de te rencontrer !

Germain est complètement abasourdi.

Germain : Mais enfin, je t'assure que je suis le premier... Enfin le dernier... Ah et puis je ne sais plus ! (*il se tourne vers Julia*) Mais dites quelque chose vous !

Julia : Eh bien je suis votre fille et j'ai des preuves !

Germain : Mais enfin ça n'a pas de sens ! Et d'abord quel âge avez-vous ?

Julia : Ah mais ça ne se fait pas de demander son âge à une femme !

Germain : Oui peut-être mais là, il y a comme qui dirait une urgence ! Je pense que vous devez être à peu près de mon âge... Parce qu'on voit que vous n'êtes plus de la première fraîcheur, si je puis dire...

Julia : Oh quel espèce de malappris celui-là ! Je suis encore jeune, vous savez !

Germain : Oui, oui... À mon avis que les ravalements de façade, ça doit y aller ! On dirait plutôt que vous êtes ma soeur que ma fille !

Françoise : Eh eh ! N'essaye pas de noyer le poisson avec ton histoire de soeur maintenant !

Germain : Mais quoi ? Enfin regarde toi-même de plus près ! Cette femme-là n'a pas vingt ans !

Françoise : Et alors t'essaye de me faire croire que tu es blanc comme neige ? En tout cas il faut éclaircir tout ça car ce n'est pas net ! Et d'abord tu en as combien d'enfants éparpillés comme ça ?

Germain : Mais dans quelle langue faut-il que je te le dise ? Je n'ai pas d'enfant, nulle part, ça ne se peut pas !

Françoise : Bin feut croère equ non ! Et j'espère qu'i nn'a point dz'eutes qu'is vont avoèr l'idée dé t'rincontrer !

Germain il est complètemint abasourdi.

Germain : Mais infin, j'tasseure qu'ej sus ch'premier… Infin ch'dernier… Infin jé n'sais pus ! (*i s'ertorne vers Julia*) Mais dites quèque cose vous !

Julia : Bin ej sus bien vou fille pis j'ai des preuves !

Germain : M'infin cha n'a point d'sins ! Quel âge qu'oz avez ?

Julia : Ah mais cha né s'foait point dé dmander sn'âge à eune feume !

Germain : Ouais, mais lo y a comme qui diroait eune urgince ! J'pinse qu'os dvez ête à peu près dé mn'âge… Os voét qu'os n'êtes pus de l'première fraîcheur si j'pus dire…

Julia : Oh que espèce ed malapprind chti-lo ! Ej sus coère jonne os savez !

Germain : Ouais, ouais... À mn'avis qu'chés ravalmints d'façade, cha doèt y aller ! O diroait putôt qu'oz êtes em' sœur qué m'fille !

Françoise : Hé hé ! N'inseye point d'noéyer ch'pichon ti aveuc ech't'histoère ed sœur achteure !

Germain : Mais quoé ! Infin, rbeye ti meume ed pus près ! Chof feume-lo a n'o point vingt ans !

Françoise : Et alorse ? T'inseyes dé m'foaire acroère equ t'es blanc comme chés neiges ? In tout cas i feut éclairchir tout o car ch'est point net ! Eh d'abord, tu nn'os combien d'éfants éparpillés comme o ?

Germain : Mais dins que langue qu'i feut te l'dire ? Ej n'ai point d'piots nune part, a né s'put point !

Françoise : Ah ? Et pourquoi ? Je te rappelle que c'est moi qui ne peux pas avoir d'enfant, mais toi ça n'est pas le cas....

Germain : Je te jure que non. De toute façon, j'ai tout le temps été un jeune homme sérieux ! Je ne suis pas un coureur de jupons, moi !

Françoise : Oui, oui ! Tu serais bien le premier...

Arrive Eugène attiré par les éclats de voix.

Eugène : Que se passe-t-il ici ? Je vous entends depuis ma serre.

Françoise : Eh bien voilà ! Votre fils a deux filles et il dit que ce n'est pas vrai !

Eugène : Deux filles ? Eh bien dis donc je suis rudement content d'être enfin grand-père !

Françoise (*excédée*) : Ah ! c'est tout l'effet que ça vous fait ? Vous n'êtes pas scandalisé par la conduite de votre fils ?

Germain : Mais puisque je n'ai rien fait...

Françoise : Oh toi Caliméro hein ! T'as rien fait, tu n'as rien dit mais les faits sont là ! (*elle montre Julia*)

Amélie qui se reposait dans sa chambre, réveillée par le bruit, descend. Croyant devoir jouer son rôle, elle se jette dans les bras de Germain.

Amélie : Oh mon frère ! Que je suis contente de te voir enfin !

Françoise : Ah non, vous vous trompez ! C'est votre père !

Amélie : Ah mais non ! Mon père, c'est Monsieur (*elle désigne Eugène, puis revient vers Germain*). Donc comme lui c'est son fils aussi, eh bien forcément... C'est mon frère !

Françoise : Ah, pis pourquoè ? J'te rappelle equ ch'est mi qu'ej pux point nn'avoér edz éfants mais ti... Cha n'est point l'cas !

Germain : Ej te jure equ non ! D'tous sins, j'ai tout l'temps été un jonne homme sérieux, pi jé n'sus point un rtrousseux d'cotrons !

Françoise : Ouais, ouais ! Ah ! Bin tu sros bien ch'premier...

Eugène il arrive, attiré par chés éclats d'voés.

Eugène : Quoé qu'i s'passe ichi ? Ej vous intinds dé m'serre !

Françoise : Bin vlo ! Vou fiu il a deux filles et pis i dit qu'ch'est point vrai !

Eugène : Deux filles ? Bin dis donc ej sus rudmint contint d'ête infin grand-père !

Françoise (*excédée*) : Ah bin ch'est bien o ! Ch'est tout l'effet qu'cha vous foait ! Os n'êtes point escandalisé par el conduite ed vou fiu ?

Germain : Mais puisqu'ej n'ai rien foait...

Françoise : Oh ti, Caliméro hein ! T'as rien foait, t'as rien dit, mais chés faits is sont lo ! Is sont meume lo ! (*al amoutre Julia*)

Amélie, qu'a s'erposoait dins s'chambre, al est réveillée par ech bruit pis al deschind. Al croét qu'a doét juer sin rôle pi a s'jette dins chés bros d'Germain.

Amélie : Ah min frère ! Qu'ej sus ti continte de t'vir infin !

Françoise : Ah non, os vous berlurez ! Ch'est vou père !

Amélie : Ah mais non ! Min père ch'est Mossieu (*al amoutre Eugène pis al ervient vers Germain*). Donc li comme ch'est sin fiu étou, bin forchémint... Ch'est min frère !

Françoise : Je n'y comprends plus rien !

Germain : Moi non plus !

Bernard : Eh bien moi je m'amuse bien ! et c'est mieux qu'au théâtre, parce qu'en plus on est sur la scène !

Françoise s'adresse alors à Julia.

Françoise : Bon vous êtes bien la fille de Monsieur Ledoux, vous ?

Julia : Ben oui, mais j'avoue que je ne sais plus bien lequel ? Ma mère parlait d'une maison bourgeoise où elle était bonne.

Amélie : Euh... Excusez-moi mais je vais finir de défaire ma valise pendant que vous vous expliquez...

Françoise : Oui, faites donc !

Bernard : Ah bien moi je vais voir si la boulangère est passée, parce que l'autre jour, elle a laissé ma baguette sur l'appui de fenêtre et il est venu une de ces averses ! Mon pain, c'était plus du pain, mais de la bouillie !

Germain : Mais tu n'as pas fini ton verre !

Bernard : Ne te fais pas de bile, je serai revenu avant qu'il moisisse !

Après cette apparté, Eugène s'approche de Julia et lui demande :

Eugène : Dites-moi... Elle s'appelait comment votre mère ?

Julia : Madeleine Bontemps pourquoi ?

Eugène : Non ! Je crois bien que c'était ma première conquête ! Oui c'est ça ! C'était bien Madeleine... Racontez-moi un peu son histoire.

Françoise : Ej n'y comprinds rien !

Germain :Mi non pus !

Bernard : Bin mi j'm'amuse bien ! Eh pi ch'est miux qu'au théate, pace qu'in pus os sommes dsu l'scène !

Adon, Françoise a s'adresse à Julia.

Françoise : Os êtes bien l'fille à Mossieu Ledoux vous ?

Julia : Bin ouais, mais lo j'avoue equ jé n'sais point l'tchel ? M'mère al parloait d'eune moaison bourgeoise d'où qu'al étoait bonne.

Amélie : Euh... Estchusez-mé, mais mi j'm'in vo finir ed défoaire em valise, pindint qu'os vous esplitchez...

Françoise : Foaites donc !

Bernard : Ah bin mi, j'm'in vo vir si chob boulangère al est passée, pasqué l'eute jour al a laiché chés miches dsu chl'appui dé l'fernête pi il a vnu eune drache ! Min pain, ch'n'étoait pus du pain mais dé l'badrée !

Germain :Mais tu n'as point fini tin verre !

Bernard :N'té foais point d'bile, ej srai rvénu edvant qu'i musiche !

Après cho, Eugène s'rappreuche ed Julia pis i li d'mande :

Eugène :Dites-mé... Al s'apploait cmint vou mère ?

Julia : Madeleine Bontemps pourquoé ?

Eugène : Non ! Ej croais bien equ ch'étoait m'première contchète. Ouais ch'étoait bien Madleine au fait... Racontez mé un molé sn'histoère.

Julia : Eh bien voilà en gros ce qu'elle disait dans sa lettre. Elle était au service de Monsieur et Madame Ledoux. À l'époque ils avaient un fils qui s'appelait Eugène et qui était à peu près de son âge. Et ils se sont amourachés l'un de lautre.

Eugène : Eh bien, c'est ma Madeleine ça ! Donc vous seriez ma fille ?

Julia : Sûrement, mais voici la suite. Quand les parents se sont aperçus de cette histoire, ils ont eu vite fait de renvoyer ma mère et de trouver chaussure à son pied à leur fils !

Eugène : Madeleine ! C'est tout à fait ça !

Julia : C'est qu'on ne mélangeait pas les torchons et les serviettes dans ce monde-là ! Donc, après elle s'est rendue compte qu'elle était enceinte. À l'époque il n'y avait pas tous les trucs d'aujourd'hui pour faire la chose sans risque...

Françoise : C'est bien vrai ! Mais alors votre mère, elle n'a jamais rien dit ?

Julia : Eh bien non ! Elle a su que son amoureux s'était marié et elle n'a pas voulu faire de scandale. Oh elle n'a pas été malheureuse ! Elle est tombée sur un brave homme qui m'a élevé comme sa fille.

Germain : Et jamais elle n'a cherché après la mort de mes grands-parents à recontacter mon père ?

Julia : Eh bien non...

Eugène : Ben ça alors ! Madeleine...

Germain : Tu ne l'as pas oubliée, on dirait ?

Eugène : Ben non ! Mais note que je n'ai pas été mal avec ta mère, c'était une brave femme, mais tu sais on n'oublie jamais son premier amour... Mais dites-moi, vous êtes venue pourquoi au fait ?

Julia : Bin vlo in gros ch'qu'al disoait dins s'lette. Al étoait au service ed Mossieu pis Madame Ledoux. À chl'époque-lo is avoai't un fiu qu'i s'aploait Eugène pi qu'il étoait à peu près d'âge aveuc elle. Pis bin is s'sont amouraché l'un d'l'eute.

Eugène : Bin, ch'est m'Madleine o ! Adon, os êtes em fille ?

Julia : Seurmint, mais vlo l'suite. Quand qu'chés parints is s'sont aperchus d'l'histoère, is ont ieu vite foait d'rinvoéyer m'mère pis d'trouvoér queuchure à sin pied à leur fiu !

Eugène : Ch'est tout à foait o !

Julia : Ch'est qu' o n'mélangeoait point chés serviettes pis chés torchons dins ch'monne-lo ! Donc après al s'a rindu compte qu'al étoait enceinte. À l'époque y avoait point tous chés trucs d'inhui pour foaire el cœuse sans risque…

Françoise : Ch'est bien vrai ! Mais alors vou mère al n'o jamoais rien dit ?

Julia : Bin non ! Al a seu que sn'amoureux il étoait mérié pis al a point voulu foaire de scandale. Oh, al a point été malheureuse ! Al a tombé dsu un boin gars qu'i m'a élevé comme es fille.

Germain : Et janmoais al a traché après la mort ed mes grands-parints à rcontacter min père ?

Julia : Bin non…

Eugène : Eh bin cho alors ! Madleine…

Germain : Tu n'l'as point oublié qu'o diroait !

Eugène : Bin non ! Mais note qué j'n'ai point été mal aveuc et' mère, ch'étoait eune brave femme, mais tu sais o n'oublie janmoais sin premier amour… Mais dites-mé, pourquoé qu'oz êtes evnue au fait ?

Julia : Ben c'est à dire... Pour vous voir...

Françoise intervient vivement.

Françoise : Eh bien en fait, Madame, elle a mis sa mère à l'hospice pour vendre sa maison et éponger ses dettes. Elle est à court d'argent !

Julia : Non, c'est...

Françoise : Taratata ! J'ai deviné votre manège ! Vous êtes venue pour soutirer de l'argent à mon beau-père !

Julia démasquée ne sait plus quoi répondre.

Julia : Eh bien c'est vrai que je suis un peu mal prise en ce moment !

Françoise : Oui puis comme ici il y a des sous, c'est plus pratique qu'une banque, il n'y a pas d'intérêts à payer ! Quelle misère d'être un panier percé !

Eugène n'apprécie pas la tournure des choses.

Eugène : Ben ça alors, c'est un tour ! Voici que je retrouve une fille qui veut mes sous et mon fils aussi ! Mais qu'est-ce que vous avez tous avec mes sous ?

Il s'avance vers Germain qui, visiblement, ne comprend pas.

Eugène : Eh bien oui, je t'ai entendu l'autre jour...

Germain : L'autre jour ?

Eugène : Oui toi et ton complice, vous....

Amélie revient et voit qu'e Eugène est au désespoir, elle lui vient en aide.

Julia : Bin ch'est-à-dire... Por vous vir...

Françoise al guérine edvant d'déclatcher.

Françoise : Bin in fait madame al a mis s'mère à l'hospice pour vinde es moaison pis éponger ses dettes à cœuse qu'al est logé d'argint court !

Julia : Non ch'est...

Françoise : Tatata ! J'ai dviné vou manège ! Os êtes evnue pour soutirer des sous à min bieu-père !

Julia, démastchée a n'sait pus quoé réponde.

Julia : Bin ch'est vrai qu'ej sus t-un molé mal prinze in ch'momint-chi !

Françoise : Ouais pis comme lo y a des sous, ch'est pus pratique qu'eune banque, y a point d'intérêts à poéyer ! Qué misère d'ête un pénier perché !

Eugène i n'apprécie point l'tornure ed chés cœuses.

Eugène : Bin cho cht'un tour ! Eune fille qu'al vut mes sous, pis min fiu étou ! Mais quoé qu'os avez tertous aveuc mes sous donc ?

I s'avinche vers Germain qu'i n'comprind point.

Eugène : Bin oui, j't'ai intindu l'eute jour ti...

Germain : L'eute jour ?

Eugène : Ouais ti pis tin complice ! Os...

Amélie al ervient pis a voét qu'Eugène il est in perdition, al li apporte ed l'éyude.

Amélie : Eh bien oui ! En fait je vais vous expliquer. Voilà, votre père vous a entendu discuter avec quelqu'un au sujet du fait que vous vouliez vous débarrasser de lui pour son héritage !

Germain : De quoi ? Mais pas du tout !

Amélie : Ah ben si ! Vous avez même précisé qu'il fallait que ce soit le crime parfait !

Germain commence à comprendre, il aperçoit Bernard qui rentre à son tour et lui fait signe de s'approcher.

Germain :Mais non vous n'y êtes pas du tout ! En fait on discutait pour mon livre, hein Nanard ?

Bernard (*pris au dépourvu*) : Oui me revoilà... Ah oui on discutait de ton livre pourquoi ?

Françoise : Quel livre ? ! Qu'est-ce que c'est encore que cette histoire ?

Germain : Eh bien voilà, il faut que je vous dise la vérité. Vous connaissez tous l'écrivain à succès John Silver ?

Tous les autres : Oui...

Germain : Eh bien, c'est moi !

Françoise : Non ?

Tous (*ébahis*) : Toi ! Vous ?

Germain : Oui, je n'ai jamais rien dit car je pensais que vous alliez me prendre pour un original. Mais il y a longtemps que ça me travaille. J'ai toujours voulu écrire, alors je me suis caché derrière ce nom là, John Silver, et à l'occasion mon copain Bernard me donne des idées.

Amélie : Bin oui ! In fait, j'vas vous esplitcher. Vlo, vou père i vous a intindu distchuter aveuc quéqu'un, qu'os volez vous débarracher d'li pour avoér esn héritage !

Germain : Ed quoé ? Mais point du toute !

Amélie : Ah bin sié ! Os avez meume dit qu'i folloait qu'a fuche ech crime parfoait !

Germain i cminche à comprinde, i voét Bernard qu'i rvient à sin tour et i li foait singne ed s'approcher.

Germain : Mais non os n'y êtes point du toute ! In fait ch'est pour min live, hein Nanard ?

Bernard (*qu'i est un molé saisi*) : Ouais m'ervlo... Os distchutoèmes ed tin live, ch'est o !

Françoise : Mais qué live ? Ch'est quoé coère qué ch't'histoère-lo !

Germain : Bin v'lo, i feut qu'ej vous diche el vérité ! Os connaichez pét-ête chl'écrivain d'romans policiers à succès John Silver ?

Tertous : Ouais.

Germain : Eh bin, ch'est mi !

Françoise : Non ?

Tertous *(ébeubis)* : Ti ? Vous ?

Germain : Ouais, j'n'ai jamoais rien dit pace qué j'pinsoais qu'os alloè't em prinde pour un original. Mais y o longtemps qu'cha m'turlupine. J'ai toujours voulu écrire, adon j'em su muché drière ech nom-lo, John Silver, pis bin Bernard i m'apporte ed l'éyude in m'donnant dz'idées.

Bernard : Oui et ça marche !

Françoise : Ben ça alors ! Voici que je suis la femme d'un romancier !

Eugène : Et pourquoi que tu ne m'as rien dit ? ?

Germain : Je pensais que tu ne voudrais pas. Il fallait que je reprenne l'usine, que je suive la tradition familiale quoi !

Eugène : T'aurais dû m'en parler ! Moi aussi étant jeune, j'aurais voulu être horticulteur, mais mon père n'a jamais voulu ! Et à l'époque il fallait se taire et obéir !

Germain : Eh oui c'est comme ça ! Et avec la vente de mes livres, je peux renflouer les caisses de la société et éviter les licenciements. Cependant j'avoue que je ne m'en occupe pas comme il faut ! Les histoires de robinets, ça ne m'intéresse pas ! J'en ai eus assez à l'école avec les problèmes de mathématiques ! Et maintenant il faut des diplômes en pagaille pour rivaliser avec la concurrence étrangère !

Julia : Euh.. .Si je peux me permettre, mon mari qui vient d'être mis au chômage, il s'y connaît bien en robinets, il pourrait peut-être vous aider ?

Germain : Oui faut voir ! Ce n'est pas forcément une bonne idée ! Parce qu'il ne faut pas faire crouler la boîte !

Amélie : Eh bien moi, je peux vous aider aussi, j'ai fait des études de marketing et de sponsoring, ça peut être utile...

Eugène : Ah ben, voilà encore une bonne idée !

Françoise : Ben oui ! C'est bien ça ! Tu embauches ta soeur et ton beau-frère et tu continues à écrire, ça ne serait pas formidable ?

Bernard : Ouais pis a marche !

Françoise : Bin cho alors ! Vlo qué j'sus l'feume d'un romancier !

Eugène : Eh pourquoé qu'tu n'o rien dit ?

Germain : Bin j'pinsouais qu'tu n'voroais point, i falloait qu'j'erprinche ell usine, qu'ej suiche el tradition familiale quoé !

Eugène : T'airoais dû m'in parler ! Mi étou, quand qu'j'étoais jonne, j'airoais volu ête hortitchulteur, mais min père i n'a jamoais volu ! Pi à l'époque i folloait s'taire pi obéir !

Germain : Bin ouais ch'est comme o. Eh pis aveuc mes lives ej peux rinflouer chés tchaisses de l'société pis éviter chés licinciemints mais j'avoue qué jé n'mé n'otchupe point comme i feut ! Chés histoères ed robinets, cha n'm'intéresse point ! Jé n'n'ai ieu assez aveuc chés problèmes ed mathématiques à l'école ! Pis achteure i feut des diplômes in pagaille pour rivaliser aveuc el contchurince étringère !

Julia : Bin si j'peux m'permettre, mn'homme qu'i vient d'ête mis au chômage i s'y connoait in robinets, i pourroait pétète donner un cœup d'main ?

Germain : Ouais feut vir ! Ch'est pétète point eune boènne idée ! Pasqué i'n'feut point foaire crouler chob boîte !

Amélie : Ah bin mi j'peux vous aider étou, j'ai foait dz'études ed marketingue pis d'esponsoringue, cha peut ête utile…

Eugène : Bin vlo eune boènne idée !

Françoise : Bin ouais, ch'est bien o ! T'ingages et' sœur pis tin bieu-frère et pis tu continues à écrire, cha n'sroait ti point formidabe ?

Germain : Oui, mais il y a encore quelque chose qui me tracasse. (*il se tourne vers Amélie*) Qui êtes-vous ? Ma soeur ou pas ?

Amélie : Eh bien c'est à dire… euh… non. J'ai été engagée par votre père pour vous faire croire ça, parce qu'il pensait que vous vouliez son héritage. Puis comme je n'ai pas de travail en ce moment, je fais des petits boulots à droite à gauche pour gagner quelques sous quoi…

Germain : Ah ben ! j'aime mieux ça ! Bon dans ce cas là, je vous engage dans l'usine. Vous ferez du marketing et du sponsoring, avec ça nous sommes sauvés ! (*puis s'adressant à Julia*) Et toi aussi, avec ton mari ! Je vais régler vos dettes, mais attention Julia !, en échange ,tu promets de ne plus faire de bêtises et surtout de ne plus jeter l'argent par la fenêtre ?

Julia : C'est juré, craché ! Je suis bien trop contente d'avoir retrouvé ma famille !

Elle enserre Eugène et Germain.

Françoise : Ah ben alors tout s'arrange ! Mon dieu que d'émotions ! Eh bien moi, je suis rudement contente de ce dénouement, je retrouve mon Germain ! Pour fêter cela, on pourrait bien boire un verre, on l'a mérité non ? Yolande, faites le service !

Bernard : Ben moi, je suis d'accord ! Dis-donc Germain, tu pourrais peut-être changer de registre et écrire une pièce de théâtre ? Tu as déjà une histoire toute trouvée, non ? Tu l'appellerais « L'héritage » ! Qu'en penses-tu ?

Germain : Je crois que ce n'est pas une mauvaise idée, et au moins on ne se méprendra plus sur mes intentions… Quoique…

Eugène : Allez sans rancune ! Et à l'héritage ! Mais le plus tard possible !

À ce moment, Françoise s'avance sur l'avant-scène.

Germain : Ouais mais y a coère un truc qui m'tracasse *(i s'ertorne vers Amélie)* Tchèche qu'oz êtes vous ? M'sœur ou bien point ?

Amélie : Bin ch'est-à-dire… euh... Non, j'ai été ingagée par vou père pour vous foaire acroère cho, pace qu'i pinsoait qu'os voloétes sn'héritage et pis mi comme ej n'ai point d'travail in ch'momint-chi, bin j'foais des tchots boulots à droète à gueuche pour avoér quèques sous quoé…

Germain : Ah d'accord ! Bin j'aime mieux o ! Bon, bin, dins ch'cas-lo ej vous ingage dins l'usine. Os froez du marketingue et pis dl'esponsoringe, aveuc o os sommes seuvés ! (*i s'adréche à Julia*) Pis ti étou aveuc etn homme, j'vas régler vos dettes, mais attintion, Julia !, in écange tu promets dé n'pus foaire ed bétises pis surtout dé n'pus jter chés sous par el fernête ?

Julia : Ah bin cha ch'est juré, ratché ! Ej sus bien d'trop continte d'avoér ertrouvé m'famille !

Al inserre Germain pis Eugène.

Françoise : Ah bin alorse tout i s'arringe ! Mon diu qué d'émotions ! Bin mi éj sus rudmint continte dé ch'dénouemint-lo, ah ouais ! Et pour fêter o, o pourroait bien boère un verre ? Os l'ons mérité non ? Yolande ! Foaites éch service.

Bernard : Bin mi j'sus d'accord ! Dis-donc Germain, tu porroais pétète canger d'ergistre pi foaire eune pièche ed théate ? T'os déjo eune histoère tout trouvée ! Tu l'appelroais « Chl'héritage » ! Quoé qu't'in pinses ?

Germain : Bin j'croès qu'ch'est point eune mawaise idée, pis au moins o né s'méprindra pus dsu mes intintions… Quoéque…

Eugène : Allez sans rantchune ! Et à ch'lhéritage ! Mais l'pus tard possibe !

À ch'momint-lo, Françoise a s'avinche dsu ch'l'avant-scène.

Françoise : Mainteant que je suis la femme d'un romancier, je vais pouvoir l'aider à écrire... C'est plus intéressant que les robinets ! D'ailleurs, j'ai déjà quelques idées pour sa pièce de théâtre... Ça pourrait faire comme ça :

Elle se met à chanter la chanson de l'amour en héritage.

Françoise : J'ai reçu l'amour en héritage, un matin près de mon haut clocher...

Elle danse. À ce moment, Germain la rejoint et l'attrape par le coude en la secouant un peu.

Germain : Mais Françoise donc ! Arrête de te donner en spectacle ! D'abord ce n'est pas une comédie musicale, c'est une pièce de théâtre ! Et, je te ferais remarquer que c'est moi le romancier !

Françoise exaltée, prend le visage de Germain dans ses mains.

Françoise : Oui mon Germain ! C'est toi le meilleur !

Germain avec un clin d'oeil au public :

Germain : Oui, après le pinard ?

Germain ramène Françoise vers les autres en la tenant par le coude. À ce moment, Yolande vient vers l'avant-scène, bouteille à la main, car elle est en train de servir.

Yolande : Ben, puisque les demoiselles vont avoir des sous, moi je vais demander une augmentation !

La bonne se retourne vers le groupe, tout le monde trinque à « l'héritage » puis tous s'approchent du public en tendant le bras vers le haut. Chacun à son tour porte un toast. Chacun reste figé le bras tendu, le verre à la main, l'ensemble faisant comme un tableau. Les répliques fusent les unes après les autres, chacune en rapport avec le personnage incarné.

Françoise : Achteure qué j'sus l'feume d'un romancier, j'vas pouvoèr l'aider à écrire... Ch'est pus intéressant equ chés robinets ! D'ailleurs, j'ai déjo quèques idées pour es pièche ed théâte... Cha pourroait foaire quèque cose comme o :

A s'met à canter dsu chl'air ed l'amour in héritache.

Françoise : J'ai reçu l'amour en héritage, un matin près de mon haut clocher...

Al danse. À ch'momint-lo, Germain, sin méri, i l'erjoint, i l'attrape par el tcheude pis i l'escoue un molé.

Germain : Mais Françoise don ! Arrête ed t'espadronner comme o ! D'abeurd, ch'est point eune comédie musicale, ch'est eune pièche ed théâte ! Et pis jé t'froais rmartcher equ ch'est mi ch'romancier !

Françoise a prind el visage ed Germain dins ses mains, épinée.

Françoise : Ouais min Germain ! Ch'est ti ch'meilleur !

Germain aveuc un clognon à ch'public.

Germain : Ouais, après ch'pinard !

Germain i ramène Françoise vers zz'eutes in l'ténant par sin tcheude. À ch'momint-lo Yolande, chob bonne, al vient dsu ch'l'avant-scène, eune bouteille dins s'main.

Yolande : Bin, pisqué chés Mamzelles al vont avoèr des sous, bin mi j'm'in vos dmander eune augmintation ! !

Chob bonne a s'ertorne vers ech groupe. Tertous i trinque « à chl'héritage » pis is s'approch't dé ch'public in tindant leus bros in heut, chatchun à sin tour i porte un toast pis i reste figé, ch'bros tindu, chu verre à l'main, a foait comme un tableau. Chés répliques as fuz't ezz eunes après zz'eutes, chatchune in rapport aveuc ech personnage incarné.

Eugène : À mes enfants !

Germain : À mon livre !

Françoise : À mon romancier !

Bernard : À mon copain !

Julia : À ma nouvelle famille !

Amélie : À mon nouveau travail !

Yolande : À mon augmentation !

FIN

Eugène : À mes éfants !

Germain : À min live !

Françoise : À min romancier !

Bernard : À min copain !

Julia : À m'nouvelle famille !

Amélie : À m'nouvelle ouvrage !

Yolande : À mn'augmintation !

FIN

Les auteurs

Régis LESIEUX

Régis Lesieux est né en 1967 à Béthune. C'est là qu'il a appris le picard d'Artois pendant près de 20 ans. Il l'a redécouvert à 45 ans et depuis, il ne cesse de vouloir tout dire et tout écrire en picard, comme il le fait avec le français sa langue maternelle et l'anglais et l'allemand ses langues professionnelles. Son rêve: que le picard soit reconnu officiellement comme langue régionale des «Hauts-de-France», aux côtés du flamand.

Jean-Marie FRANÇOIS

« Écriveu » et « diseu », l'Abbevillois Jean-Marie François est l'auteur de plus de vingt pièces de théâtre et a publié deux recueils de contes : « Histoéres, Contes et pi Légindes d'éch poéyi picard » (La Vague verte) et « Ch'est aladon ! » (Librairie du Labyrinthe), un recueil de nouvelles « Rindi-rindo » et une traduction en picard des contes de Perrault « Ch'tchot capuchon rouge » (les deux à la Librairie du Labyrinthe).

Gérard PLATEVOET

Gérard Platevoet est né en 1946 à Néchin (Belgique). Participant à l'atelier de langue et culture régionales de la Maison de la Culture de Tournai, en Wallonie picarde, il a obtenu le premier prix en poésie au Concours Prayez en 2014 et 2015, ainsi que le premier prix en catégorie « auteurs » au concours « Un auteur, une voix » de 2014, de l'émission « Vivacité » de la RTBF, radio belge francophone.

Jean-Paul CHAMPION

Jean-Paul Champioj habite Saleux (sud-amiénois). Ancien psychomotricien et musicothérapeute, actif dans le milieu musical, il est auteur-compositeur-interprète picardisant avec le trio « Picardiement Vôtre ». Il est également le rédacteur de la chronique « Picardie en picard dit » dans le bulletin municipal de sa commune.

Joëlle JONAS

Originaire de Denain, Joëlle Jonas a exercé le métier d'institutrice. Intéressée à la fois par la littérature enfantine et la langue picarde, appelée « rouchi dans le Valenciennois, elle écrit régulièrement des contes, textes et saynètes en picard. Auteur de plusieurs livres pour enfants en picard, traductrice, metteuse en scène, Joëlle Jonas est également vice-Présidente de l'association Georges Fidit.

Valérie TOURON

Né à Saint-Valery-sur-Somme et descendante de Marius Touron, poète picardisant de Nibas, Valérie Touron a commencé à pratiquer le théâtre en 2013. Passionnée par les mots et, comme son arrière-grand-père, pleine d'imagination, elle se met très rapidement à écrire ses propres pièces et devient l'auteure attirée de la troupe de théâtre d'Ailly-le-Haut-Clocher. « Chés tchiens is n'font point des cots » est une de ses devises.

Table des matières

Imprimé en juin 2016
par Sobook (Roubaix)

isbn 978-2-9544516-4-0
Dépôt légal : juin 2016

Achevé d'imprimer chez Sobook le 27-06-2016

N° impression : 362 890